MARKIZ DLA MARIANNE

PORUSZAJĄCY ROMANS REGENCYJNY O DRUGIEJ SZANSIE I LECZENIU RAN PRZESZŁOŚCI

CATHERINE BILSON

SHENANIGANS PRESS

SPIS TREŚCI

PROLOG

Prywatny bal w Temple Grove Manor, niedaleko Cambridge, marzec 1810

— Wrócił twój najwytrwalszy zalotnik, panno Abingdon.

Marianne pozwoliła sobie na ledwie dostrzegalny uśmiech, gdy Amelia Temple się odezwała. W głosie drugiej panny pobrzmiewała nutka zazdrości, gdyż wysoki młody mężczyzna, który do nich podchodził, był bez wątpienia najprzystojniejszym mężczyzną na sali — szczególnie w szkarłatnym mundurze porucznika.

— Znam pana Rotherhithe od dziecka, panno Temple — odparła Marianne, próbując rozwiać zazdrość Amelii. — Jesteśmy tylko przyjaciółmi. To wszystko. — Kłamstwo niemal parzyło ją w język, ale nie mogła dopuścić, by szepty o jej prawdziwym uczuciu do Alexandra Rotherhithe dotarły do uszu jej ojca. Albo, broń Boże, do uszu *jego* ojca lub dziadka.

— Panno Abingdon. — Alexander ukłonił się nienagannie, a gdy się wyprostował, by spojrzeć jej w twarz, jego ciemnobrązowe oczy emanowały ciepłem. — Czy śmiałbym mieć nadzieję, że na pani karcie tańców zostało dla mnie miejsce?

Bez słowa Marianne zsunęła z nadgarstka wstążkę podtrzymującą maleńki karnecik i mu go podała. Jego usta drgnęły nieznacznie, gdy badał kartę, po czym podniósł równie maleńki ołówek i zapisał swoje inicjały w jedynym wolnym miejscu. Ocaliła to cenne miejsce dzięki unikaniu tak wielu potencjalnych partnerów do tańca, jak to tylko było możliwe, co nie było łatwym zadaniem, gdy słynęło się z miana największej piękności sezonu.

— Uznam się za wyjątkowego szczęściarza, panno Abingdon. A zatem do naszego tańca. — Ukłonił się raz jeszcze i zostawił je same.

Amelia westchnęła tęsknie, patrząc, jak porucznik odchodzi, i mruknęła: — Szkoda, że *mnie* nie poprosił do tańca.

— Skoro twoja karta jest już pełna, i tak nic by ci to nie dało — zauważyła sucho Marianne. — Jako córka gospodarzy, miałaś zarezerwowane wszystkie tańce, odkąd tylko zaczęło się to przyjęcie!

— To prawda, ale i tak mógł poprosić — westchnęła ponownie Amelia, po czym wzięła Marianne pod ramię. — Słyszę, że orkiestra się stroi. Powinnyśmy iść do sali balowej, pierwszy set zaraz się zacznie.

Marianne najmniejszej wagi nie przywiązywała do pierwszego setu ani żadnego innego poza tym, który miała zatańczyć z Alexandrem. Mimo to przybrała na usta fałszywy uśmiech i pozwoliła się zaprowadzić na parkiet.

Nienawidził każdego mężczyzny, który śmiał do niej podejść.

Była jego, zawsze była jego. Odkąd wiele lat temu po raz pierwszy ją zobaczył, jej ruda doskonałość przyciągała go jak ćmę do płomienia. Każda inna dziewczyna bledła i stawała się nudna i nieznacząca w porównaniu z jej spektakularnym, przyciągającym wzrok pięknem.

Była wtedy oczywiście za młoda, ale teraz stała się dorosłą kobietą. Osiemnastoletnia i gotowa do zerwania, brzoskwinia w sam raz, by wpaść w jego wyczekującą dłoń. Zwłaszcza biorąc pod uwagę jej ojca, który właśnie teraz przy stołach do gry przegrywał ostatnie pieniądze swojej zmarłej żony.

Biorąc łyk brandy, patrzył zmrużonymi oczami, jak wysoki paniczyk w szkarłatnym płaszczu prosi ją do tańca. Jak ten parweniusz śmiał dotykać tego, co należało do niego!

Wkrótce nikt nie będzie mógł z nią tańczyć oprócz niego.

Już wkrótce.

— Jest tu okropnie gorąco — powiedziała Marianne, gdy muzycy zagrali pierwsze akordy. — Czy nie miałby pan nic przeciwko, gdybyśmy opuścili ten taniec? Myślę, że powinnam zaczerpnąć trochę powietrza.

— Oczywiście — odparł Alexander z tajemniczym uśmieszkiem, natychmiast odprowadzając ją z parkietu. — Nie chciałbym ani przez chwilę, by musiała się pani męczyć dla zwykłego tańca, panno Abingdon. Proszę udać się na spoczynek, aby się odświeżyć.

— Dziękuję panu za zrozumienie, panie poruczniku. — Marianne dygnęła z gracją, po czym opuściła pomieszczenie.

Wyszedłszy z sali balowej, nie skręciła w lewo, by wspiąć się po schodach do pokojów dla dam. Zamiast tego skręciła w prawo i otworzyła drzwi, w większości ukryte za dużą rośliną doniczkową, drzwi, które prowadziły do kwater dla służby. Unosząc spódnice, popędziła wąskim, słabo oświetlonym korytarzem tak szybko, jak tylko mogła w swoich tanecznych pantofelkach, mając desperacką nadzieję, że nikt nie nadchodzi z przeciwka. Miała jednak szczęście i dotarła do celu, nie napotykając żywej duszy.

Drugie drzwi prowadziły pod taras znajdujący się tuż przy sali balowej. Wyszła na grabiony żwir, uważając, by jej stopy nie wydały żadnego dźwięku. Tuż nad głową słyszała głosy, rozmawiających i śmiejących się ludzi, a dym cygar unosił się w górę, gdy jacyś dżentelmeni zażywali chłodnego nocnego powietrza.

Dłoń zacisnęła się na jej łokciu, a ona zdusiła okrzyk. Rozluźniła się natychmiast i podążyła za natarczywym pociągnięciem silnej ręki, stąpając na palcach po głośnym żwirze, aż obeszli dom z boku i znaleźli się na trawie, oddalając się coraz bardziej od oświetlonych okien i hałasu, aż wszystko stało się ciemne i ciche.

— Marianne — rzucił jej imię szorstko, gdy tylko mogli rozmawiać bez obawy, że ktoś ich usłyszy.

Ona w odpowiedzi wyszlochała jego imię, rzucając mu się na szyję. — Och, Alexanderze! Przyszedłeś!

— Nic nie mogłoby mnie powstrzymać. — Złapał ją w silne ramiona, schylając się, by pocałować jej uniesione usta.

— Nawet twój dziadek? — wyszeptała Marianne, gdy przerwał pocałunek.

— Okazuje się, że wstąpienie do armii miało niezwykle wyzwalający skutek. Mój dowódca jest o wiele mniej surowy niż drogi dziadziuś.

W ciemności nie widziała jego cierpkiego uśmiechu, ale słyszała go w jego głosie. Uśmiechając się również, oparła głowę na jego piersi, nie zważając na potargane loki. Jego ciepła dłoń spoczęła na jej karku i przez długą chwilę trwali w ten sposób, w bliskim i czułym uścisku.

— Chciałbym cię poprosić, żebyś teraz ze mną uciekła — mruknął Alexander — ale mój pułk w przyszłym tygodniu wypływa do Hiszpanii. Nawet gdybyśmy się pobrali, nie mam ci do zaoferowania bezpiecznej przystani.

— To bez znaczenia — powiedziała Marianne z zacięciem. — Obiecaj mi tylko, że będziesz na siebie uważał, Alex? Obiecaj, że do mnie wrócisz?

Oboje wiedzieli, że na wojnie nie ma żadnych gwarancji. Oboje stracili rodzinę i przyjaciół w wojnie z Francuzami: Marianne jedynego brata; Alexander dwóch wujów i najlepszego przyjaciela z lat szkolnych.

Mimo to Alexander jej obiecał i wierzył w każde słowo. — Jeśli Bóg pozwoli mi przeżyć, wrócę do ciebie, Marianne. Nie ma na świecie siły, która powstrzymałaby mnie przed powrotem po ciebie, jeśli tylko będziesz na mnie czekać.

Jego słowa miały powagę przysięgi małżeńskiej i w jego umyśle właśnie tym były. W tej chwili oddał się dziewczynie, którą znał całe życie. Dziewczynie, która była jego towarzyszką z dzieciństwa w licznych eskapadach. Dziewczynie, na której ramieniu mógł się wypłakać, gdy jego młodsza siostra zmarła na gorączkę, tak jak on odwzajemnił jej tę przysługę rok później, gdy jej matka utonęła w tragicznym wypadku. Dziewczynie, którą kochał ponad wszystko. I zawsze będzie.

— Będę na ciebie czekać — przyrzekła w odpowiedzi Marianne, sięgając, by położyć dłonie na jego policzkach. I chociaż nie widział jej oczu, w jego myślach lśniły one błękitem letniego nieba, rozjaśnione jej miłością. — *Zawsze* będę na ciebie czekać.

Patrzył, jak młody oficer wraca z tarasu do sali balowej z uśmiechem zbyt zadowolonym jak na kogoś, kto stracił taniec z najpiękniejszą dziewczyną na balu. Chwilę później głównymi drzwiami weszła Marianne, uśmiechając się równie szczęśliwie.

Dwie pary oczu spotkały się, wymieniły ukradkowe spojrzenia, po czym obie odwróciły wzrok, udając wesołość i mieszając się z innymi gośćmi.

Dopił resztkę brandy.

Nadszedł czas, by wykonać swój ruch.

ROZDZIAŁ PIERWSZY

Rezydencja hrabiego Havers, Londyn, listopad 1818 roku

— Nie żyje.

Marianne wpatrywała się z niedowierzaniem.

— Lady Creighton?

Za jej plecami rozległy się szepty: — *Biedactwo.* — *Jest w szoku.* — *Tak nagle.*

— Lady Creighton, myślę, że powinna pani usiąść.

Mocna dłoń dotknęła jej łokcia, prowadząc ją z dala od ciała męża. Całkiem na zewnątrz, do mniejszego, pustego saloniku i na kanapę, na której ją posadzono.

— Marianne — odezwała się jej przyjaciółka Ellen, siadając obok niej z wyrazem desperackiej troski na twarzy i w głosie. — Wszystko w porządku? Proszę, powiedz coś. Czy mamy wezwać lekarza?

— Myślę, że na to jest już raczej za późno — odparła Marianne, po czym musiała stłumić zupełnie niestosowny chichot. — Mój mąż nie żyje.

— Thomas — powiedziała Ellen, a jej mąż, poślubiony niecałą dobę wcześniej, natychmiast podszedł do jej boku. — Myślisz, że przydałby się jakiś trunek?

— Brandy — zgodził się hrabia Havers. W chwilę później klęczał już przy kanapie, wciskając kieliszek w dłoń Marianne, która dopiero wtedy zauważyła, że drży. — Proszę to wypić, lady Creighton. Doznała pani strasznego szoku.

— Tak mi przykro — powiedziała. — Na pańskim przyjęciu weselnym...

— Niech się pani nie waży przepraszać! — Ellen niemal przycisnęła jej kieliszek do ust, zmuszając ją do wzięcia łyka. Brandy paliła na całej długości gardła.

— Lady Creighton — zaczął Thomas, a ona nie mogła powstrzymać drgnięcia. Zawahał się i zaczął od nowa. — Proszę wybaczyć moją poufałość... Marianne. Czy pozwoli mi pani zająć się sprawami związanymi z dyspozycją ciała pani męż... to jest, ciała lorda Creightona? Zakładam, że powinien zostać przewieziony do swojej posiadłości?

— Tak.

Powinna powiedzieć coś więcej; Marianne zdała sobie z tego sprawę, gdy oboje tylko wpatrywali się w nią. Thomas był Amerykaninem, który przybył do Anglii niedawno, odziedziczywszy tytuł. Choć Ellen była prawdopodobnie jedyną osobą, którą naprawdę mogła nazwać przyjaciółką, to była córką wiejskiego pastora i nie miała pojęcia o towarzystwie.

— To niedaleko Durham — udało jej się wydusić. — Ja... Może lokaj lorda Creightona będzie w stanie udzielić panu przydatnych informacji.

— Tak — zgodził się Thomas z pewną ulgą. — Tak, oczywiście. Jestem pewien, że tak. W takim razie zaraz się tym zajmę. — Wymienił z Ellen spojrzenie, które w jakiś sposób przekazało bardzo wiele, po czym opuścił pokój, zamykając za sobą drzwi z cichym kliknięciem.

— Dokończ to — powiedziała cicho Ellen, ponownie podsuwając kieliszek do ust Marianne. — A potem zadzwonię po moją pokojówkę. Pamiętasz Susan? Jest strasznie zaradna. Zaprowadzimy cię do twojego pokoju, a potem będziesz mogła odpocząć. Doznałaś strasznego szoku.

Tak, pomyślała Marianne, pozwalając Ellen namówić się na dokończenie brandy. *To rzeczywiście szokujące, kiedy twój mąż dostaje ataku apopleksji, robiąc ci wymówki za uśmiech posłany mężczyźnie, którego twoja przyjaciółka poślubiła zaledwie wczoraj, i pada martwy u twoich stóp.*

Musiała się trzymać, żeby Ellen nie pomyślała, że oszalała. Przywołała więc lata treningu, lata kontrolowania nawet najmniejszego wyrazu twarzy, by okiełznać emocje. Dopiero wiele godzin później, kiedy wreszcie przekonała Ellen i jej przerażająco zaradną pokojówkę, że wszystko jest w doskonałym porządku i pragnie jedynie zostać sama, mogła w końcu pozwolić swoim uczuciom dojść do głosu.

Stojąc przy oknie swojej sypialni, we wspaniałym apartamencie, który przydzielono jej jako jednemu z gości honorowych na weselu Ellen, patrzyła, jak karoca wioząca pośpiesznie zdobytą trumnę ze szczątkami jej zmarłego męża odjeżdża od domu i toczy się długą aleją modrzewi, teraz już pozbawionych liści. Będzie musiała oczywiście za nią pojechać i pozostać w Creighton Hall w dającej się przewidzieć przyszłości, przynajmniej do końca okresu żałoby.

Ale teraz, po raz pierwszy od więcej lat, niż chciała pamiętać, Marianne była *wolna*.

Myślała, że w tej chwili będzie się śmiać.

Łzy ją zaskoczyły; sądziła, że nie ma już we niej więcej łez do wypłakania. Lata bólu i cierpienia, samotności i strachu, wysuszyły je wszystkie. A jednak widok oddalającej się karocy zamglił się, tłuste krople spłynęły po jej policzkach, a Marianne Creighton upadła na kolana i zapłakała z czystej, niczym nieskażonej ulgi.

ROZDZIAŁ DRUGI

Klub dżentelmenów Brooks's, Londyn, listopad 1819

— Jesteś znudzony na śmierć, Glenkellie.

— Poczekaj kilka lat, Havers. — Alexander Rotherhithe, markiz Glenkellie, oderwał wzrok od gazety, którą przeglądał, nie przyswajając sobie tak naprawdę żadnych informacji. — W Londynie wszystko również zacznie cię nudzić na śmierć.

Młody hrabia Havers roześmiał się, zajmując wolne miejsce przy stoliku Alexa, nie czekając na zaproszenie. To był prawdopodobnie powód, dla którego Alex polubił Amerykanina; nie chodziło o to, że nie miał pojęcia o subtelnościach dobrego wychowania, ale raczej o to, że uważał je za kompletny nonsens i odmawiał ich przestrzegania. Miejsce było wolne, a Thomas chciał usiąść. Po co czekać, aż Alex go poprosi, tylko dlatego, że akurat posiadał wyższy tytuł?

Odłożywszy gazetę, Alex uśmiechnął się do Thomasa. Poznali się zaledwie kilka miesięcy temu, kiedy Thomas przywiózł swoją nową żonę do Londynu na Mały Sezon, ale od razu znaleźli wspólny język. Alex był zmęczony pochlebcami i lizusami, ludźmi zbyt onieśmielonymi jego bogactwem i tytułem, by chcieć poznać go naprawdę. Radosne lekceważenie protokołu przez Thomasa było jak powiew świeżego powietrza.

— Napijesz się czegoś? — zaproponował Alex, dając znak uważnemu kelnerowi.

— Wezmę to, co ty. — Thomas skinął głową w stronę filiżanki na stole.

— Kawę? Jesteś pewien, że nie chcesz czegoś mocniejszego?

— Obiecałem zabrać Ellen dziś wieczorem na bal. Jeśli teraz zacznę pić coś mocniejszego, nie wytrzymam do czwartej, czy o której tam kończą się te niedorzeczne imprezy. — Thomas skrzywił się. — Z niecierpliwością czekam na powrót do Herefordshire i pójście spać przed północą, chociaż raz!

Alex musiał się roześmiać. — Jaki z ciebie prowincjusz, Havers.

— Mówi to człowiek, którego posiadłość obejmuje znaczną część najodleglejszych zakątków Szkocji — odparł sucho Thomas.

— Jak myślisz, dlaczego jestem w Londynie? Tam na górze nie ma nic oprócz zrzędliwych dzierżawców i owiec. Zamek Glenkellie jest znośny tylko przez miesiąc lub dwa w lecie, i to ledwo. Gdyby nie był objęty ordynacją, sprzedałbym wszystko i mieszkałbym tu przez cały rok.

Słowa te były puste, a przenikliwe spojrzenie Thomasa dało Alexowi do zrozumienia, że go nie zwiódł. Prawda była taka, że Alex kochał swój dom bez względu na porę roku. Po prostu nie mógł znieść, gdy jego matka przebywała w rezydencji, tak jak w tej chwili. Jeśli Bóg da, wkrótce wpadnie jej do głowy pomysł na podróż do Grecji, Włoch czy innego podobnego miejsca, a on będzie mógł wrócić do domu bez obawy, że wyczaruje mu pannę młodą znikąd.

Podano kawę Thomasowi, który oparł się wygodnie na krześle, relaksując się przy kolejnym łyku gorącego, aromatycznego naparu. — Wolałbym ciebie niż siebie — powiedział, a Alexowi zajęło chwilę, zanim zrozumiał, że Thomas mówi o mieszkaniu w Londynie. — Właściwie to wracamy do domu wcześniej, niż planowaliśmy. Choć Ellen bardzo podobała się ta wizyta, chce być w domu na tyle wcześnie, by przygotować się do świąt. W zasadzie planuje wydać przyjęcie i poleciła mi, abym przekazał ci zaproszenie.

Zaskoczony Alex zatrzymał filiżankę z kawą cal czy dwa od ust. Choć kilkakrotnie spotkał uroczą młodą hrabinę Havers, a nawet tańczył z nią kilka razy, nie mieli zbyt wielu okazji, by się poznać. — Dlaczego? — zapytał bez ogródek, opuszczając filiżankę.

Thomas wyglądał na rozbawionego. — Ponieważ wie, że się zaprzyjaźniliśmy, Glenkellie. Ellen poznała wiele dam — zarówno mężatek, jak i panien — i zaprosiła kilka z nich, ale żaden z ich mężów, braci czy ojców nie jest kimś, kogo mógłbym nazwać bliskim przyjacielem. Ty natomiast nim jesteś. Zapytała, czy chciałbym cię zaprosić, odpowiedziałem, że tak, a ona napisała zaproszenie. — Wyjął z kieszeni kremową kopertę i położył ją na stole między nimi. — Jeśli miałbyś ochotę uciec na kilka dni od uroków Londynu bez konieczności podróżowania na mroźne pustkowia północy, bylibyśmy zachwyceni, mogąc cię gościć.

Poruszony Alexander mimo wszystko przybrał obojętną minę, gdy podnosił kopertę, złamał pieczęć i przejrzał krótkie zaproszenie napisane ręką hrabiny Havers. Ellen została wychowana jako córka wiejskiego pastora i jej pismo nie miało żadnych zawijasów i esów-floresów, do których skłonne były córki arystokracji; było proste, staranne i bardzo czytelne.

— Jakże miło — mruknął z dystansem Alexander. — Być może dołączę do państwa na kilka dni. To może być interesujące.

Thomas uśmiechnął się ironicznie znad filiżanki z kawą, a Alex wiedział, że ani trochę nie zwiódł Amerykanina. Prawda była taka, że otrzymał już i odrzucił kilkanaście zaproszeń na świąteczne przyjęcia, wiele z nich w domach wspanialszych i dogodniej położonych względem Londynu niż Havers Hall, oddalone o dobre trzy dni podróży w Herefordshire, blisko walijskiej granicy.

Wszystkie te zaproszenia pochodziły jednak od rodzin z córkami na wydaniu, które chciały złapać markiza, aby zawiesić go na swoim drzewie genealogicznym. Thomas i Ellen nie mieli takich ukrytych motywów. Nie, zaprosili go po prostu dla przyjemności jego towarzystwa, dlatego też na miejscu podjął decyzję o przyjęciu oferty.

— Czy Lady Havers zaprosiła wiele panien? — zapytał, podejmując ostatnią próbę, by się od tego odwieść.

— Zdaje się, że tylko kilka, i są to raczej typowe błękitne pończochy, które z pewnością nie będą próbowały cię usidlić, nie obawiaj się. Jest też owdowiała przyjaciółka, którą mamy nadzieję namówić, by przyjechała.

— Ach, wesołe wdówki. Te doceniam. — Alex uśmiechnął się szelmowsko.

Thomas potrząsnął głową, śmiejąc się w swój dobroduszny sposób. — Nie udawaj przede mną rozpustnika, Glenkellie, widziałem, jak przewracasz oczami, gdy kobiety z półświatka rzucają na ciebie okiem. One interesują cię nie bardziej niż mnie, a ty nie masz nawet tak dobrego powodu jak żona, którą uwielbiasz!

— Nie znasz mnie tak długo, Havers. Dla odpowiedniego rajskiego ptaka potrafię być bardzo uczynny.

— Nie sądzę, by Lady Creighton miała rzucić ci się w ramiona, jakkolwiek czarujący potrafiłbyś być, gdybyś się postarał — powiedział sucho Thomas.

Alex zamarł w trakcie odstawiania filiżanki. — Lady Creighton? Była... hrabina?

Thomas zmarszczył czoło. — Zgadza się, chociaż myślę, że technicznie wciąż jest hrabiną. Ellen mówi jednak, że „Marianne, Lady Creighton" to teraz poprawna forma. Ponieważ nie jest matką obecnego hrabiego, nie jest wdową. — Wyglądał na zirytowanego. — Mam rację, czy muszę znowu zaglądać do Debrett's? Przysięgam, cały angielski system tytułów i zwrotów grzecznościowych ma najbardziej zawiłe zasady; to gorsze niż koniugacja łacińskich czasów! Czasami myślę, że Lady Jersey wymyśla je na poczekaniu.

Alex wybuchnął śmiechem, jak zawsze rozbawiony zuchwałym dowcipem Thomasa. — Całkiem możliwe, że masz rację — powiedział między salwami śmiechu — ale z pewnością nie wypada o tym mówić!

Thomas uśmiechnął się bez skruchy. — Och, nie wiem. Jestem pewien, że Lady Jersey byłaby wielce rozbawiona, gdyby się dowiedziała, że to powiedziałem!

— Tylko dlatego, że tak bardzo lubi twoją żonę. — Jego chichot ucichł, Alex podniósł filiżankę i wypił resztę kawy. — W porządku, Havers. Proszę, powiedz Lady Havers, że z wielką przyjemnością przyjmę zaproszenie do spędzenia z państwem świąt Bożego Narodzenia w Havers Hall.

— Możesz jej to powiedzieć sam — rzekł Thomas, dopijając swoją kawę. — Kazała mi też zaprosić cię dziś na kolację, jeśli nie masz innych planów.

— Cóż, planowałem zjeść tutaj, ale szansa spędzenia wieczoru w towarzystwie twoich żartów i uroku twojej pięknej pani jest zbyt kusząca, by ją przepuścić.

— Doskonale, zatem widzimy się około siódmej? Muszę już iść, przepraszam. Jutro nasza pierwsza rocznica ślubu i muszę wpaść do Garrard's odebrać prezent dla Ellen.

— Zatem do wieczora. — Alex skinął głową na pożegnanie i patrzył, jak Thomas bierze kapelusz oraz płaszcz i opuszcza klub, wesoło rozmawiając z kilkoma dżentelmenami po drodze.

Havers był prawdopodobnie najsympatyczniejszym człowiekiem, jakiego kiedykolwiek spotkał, rozmyślał Alex, i zastanawiał się, czym zasłużył sobie na przyjaciela, który mógłby zaprzyjaźnić się dosłownie z każdym.

Podniósł rękę i dotknął długiej, sino-czerwonej blizny na policzku, gdzie francuski bagnet prawie go przeszył pod Waterloo. Czubek ostrza minął jego oko o mniej niż ćwierć cala, zjeżdżając w dół i zdzierając mu policzek do kości, rozrywając długą ranę aż do podbródka. Późniejsza infekcja niemal kosztowała Alexa życie.

Poszarpana blizna, wciąż czerwona po prawie czterech latach, była na tyle szpetna, że kilka młodych kobiet o mniej krzepkiej konstytucji poczuło się niedobrze na jej widok. Jedna nawet zemdlała z przerażenia. Nie spotkał jeszcze takiej, która potrafiłaby spojrzeć mu w oczy, nie wpatrując się w jego bliznę z przerażoną fascynacją, przykutą jej brzydotą.

Alexander Rotherhithe nie był już idealnie przystojnym młodzieńcem, któremu diament Salonów przysięgał swoje serce. Blizna napięła się, gdy uśmiechnął się lekko, wykrzywiając jeden kącik ust w grymasie.

Marianne Abingdon nie czekała na niego, jak obiecała. Nie zrobiła mu nawet tej uprzejmości i nie wysłała listu, w którym poinformowałaby go, że wybrała innego. Pierwszą wiadomością o jej zdradzie był egzemplarz miesięcznej gazety, który bez słowa podał mu kolega oficer, otwarty na stronie z ogłoszeniami o ślubach, a wtedy świat zawalił mu się pod nogami.

Alex niewiele pamiętał z następnych kilku miesięcy. Topił smutki w alkoholu, kiedy tylko mógł go znaleźć, i prowadząc samobójcze szarże w każdej cholernej bitwie na Półwyspie Iberyjskim. A przynajmniej tak mu się wydawało później, kiedy w końcu wyszedł ze swojego otumanienia i zdał sobie sprawę, że awansował (dwukrotnie!) i został odznaczony większą liczbą medali i wzmianek w rozkazach, niż jakikolwiek żołnierz powinien zdobyć w ciągu całego życia na wojnie, a co dopiero w ciągu zaledwie dwóch lat.

Nie miał pojęcia, jak udało mu się uniknąć śmierci. Ale jakoś się udało. Dzięki temu zgromadził wokół siebie kadrę oddanych żołnierzy, którzy wmówili sobie, że jest kimś w rodzaju boga wojny — niezwyciężonego na polu bitwy.

Oficer, który potrafił inspirować taką lojalność, był zbyt cenny dla ministerstwa wojny, by trzymać go gdziekolwiek indziej niż na polu bitwy. Nawet podczas zesłania Bonapartego na Elbę Alex nie otrzymał pozwolenia na powrót do Anglii. Dopiero gdy został wreszcie — szokująco — ranny pod Waterloo, dowodząc tym samym, że jest śmiertelnikiem, pozwolono mu opuścić pole walki. Rekonwalescencję przechodził w Brukseli i jak tylko był w stanie utrzymać się w siodle, miał zostać wysłany z powrotem, by rozprawić się z ostatnimi ogniskami francuskiego oporu.

Być może kontynuowałby walkę w wojnach Anglii, aż stałby się stary i siwy, albo kula w ostateczny sposób udowodniłaby, że jest tylko śmiertelnikiem, gdyby nie dziwny zbieg okoliczności w kwestii sukcesji. Będąc niegdyś czwartym w kolejce do markizatu, nagle stał się spadkobiercą, gdy jego wuj, kuzyn i ojciec zginęli w powodzi, która porwała ich grupę myśliwską, gdy schodzili wąskim jarem.

Jego dziadek wezwał Alexa do domu bezceremonialnie i nawet lordowie z ministerstwa wojny nie byli skłonni odmówić starcowi jego jedynego żyjącego dziedzica — bez względu na to, jak użytecznym był żołnierzem.

Zapakowany bez żadnych ceregieli na statek płynący do Inverness, Alex przybył do domu ledwo na czas, by pożegnać się z dziadkiem. Ze złamanym sercem po śmierci obu synów i wnuka, którego od urodzenia wychowywał na swojego następcę, Duncan Rotherhithe rzucił na Alexa jedno pogardliwe spojrzenie i oświadczył: — Chyba będziesz musiał wystarczyć — po czym wydał ostatnie tchnienie.

Od tamtej pory żył, nie dorastając do oczekiwań dziadka.

ROZDZIAŁ TRZECI
Creighton Hall, Kumbria, początek grudnia 1819

— Kolejny list do ciebie, ciociu Marianne. — Jej bratanek Arthur, nowy hrabia Creighton, podał jej list ze stosu, który lokaj właśnie dostarczył na śniadaniowy stół na srebrnej tacy.

— Dziękuję — odparła Marianne spokojnie, biorąc list i wkładając go do kieszeni.

— Nie przeczytasz go teraz? — Jej następczyni w roli hrabiny, Lavinia, przyglądała się jej wodnistymi, niebieskimi oczami. *Ciekawość wyostrzyła jej i tak już szczupłą twarz, sprawiając, że wyglądała trochę jak fretka* — pomyślała kapryśnie Marianne.

— To tylko od mojej przyjaciółki Ellen — odpowiedziała cicho, unosząc filiżankę, by napić się herbaty. — Bez wątpienia pełen błahych plotek z Herefordshire.

— Wymieniasz z nią mnóstwo listów — zauważył Arthur z irytacją. — Opłaty pocztowe kosztują fortunę.

Marianne wzięła głęboki, niewidoczny dla innych oddech, by stłumić natychmiastową chęć rzucenia ciętej riposty. — Jest wierną korespondentką — odparła po chwili — ale to mimo wszystko cenny kontakt do utrzymania. Ponieważ lady Diana ma zadebiutować w przyszłym sezonie, uważam za konieczne podtrzymywanie moich towarzyskich przyjaźni.

— Tak — wtrąciła szybko Lavinia, rzucając mężowi ostre spojrzenie — tak, oczywiście, musisz utrzymać tę przyjaźń, Marianne. Hrabina Havers będzie nieocenioną przyjaciółką, gdy Diana zostanie wprowadzona do towarzystwa, Arthurze.

Marianne ukryła uśmiech za filiżanką, gdy Arthur westchnął i przystał na żądanie Lavinii. Nowy hrabia był wychowywany przy bardzo ograniczonych dochodach i wciąż liczył się z każdym groszem. Nie spodziewając się odziedziczenia tytułu, jako że jego wuj był niezmiernie zdeterminowany, by spłodzić dziedzica, ani Arthur, ani Lavinia nigdy nawet nie byli w Londynie. Nikogo tam nie znali i byliby zależni od Marianne, która miała przedstawić ich w towarzystwie, gdy ich najstarsza córka zostanie zaprezentowana.

Marianne nie miała zamiaru informować ich, że Ellen ma znacznie mniej przyjaciół wśród londyńskiej socjety niż ona sama. Ponieważ Ellen była jej jedyną stałą korespondentką, zamierzała bez skrupułów kłamać, by utrzymać tę przyjaźń przy życiu.

W końcu tak wiele już jej odebrano.

Znacznie później tego samego dnia, wracając do małego domku, szumnie zwanego Domem Wdowim posiadłości Creighton, Marianne wyjęła list z kieszeni i złamała pieczęć. Miała nadzieję wymknąć się wcześniej, ale Lavinia wymagała, by była dostępna o każdej porze, aby pomagać jej przy piątce dzieci — z których cztery były córkami, które Lavinia desperacko chciała dobrze wydać za mąż.

Ojciec Marianne zmarł bez grosza wkrótce po jej ślubie, co pozostawiło ją bez rodziny, która mogłaby jej pomóc, i całkowicie zależną od Arthura i Lavinii. Ponieważ nigdy nie miała posagu, a jej wdowia odprawa była niemalże zerowa, Marianne nie miała innego wyboru, jak tylko pełnić rolę nieopłacanej guwernantki dla czterech dziewcząt, ucząc je obycia towarzyskiego, którego dotąd nie posiadły. Zanim przeprowadziła z nimi czytanie po francusku, dała każdej półgodzinną lekcję gry na pianinie i grupową lekcję śpiewu, pomogła im przy robótkach ręcznych i nadzorowała próby Diany w nalewaniu herbaty, nadeszło późne popołudnie, a Marianne desperacko pragnęła chwili dla siebie, nawet jeśli była to tylko godzina, zanim będzie musiała wrócić na obiad z rodziną.

Wciąż nawykły do oszczędzania, Arthur nie widział powodu, by zatrudniać kucharkę dla Marianne, skoro mogła przecież jadać posiłki z nimi. Tylko niechętnie pozwolił, by pokojówka przychodziła z głównego domu, by sprzątać domek i rozpalać w kominkach, a także by mężczyzna co drugi dzień poświęcał godzinę na noszenie drewna i wody.

— Równie dobrze mogłabyś zamieszkać w domu z nami — powiedział Arthur, gdy on i Lavinia po raz pierwszy wprowadzili się z dziećmi. — Weź pokój z dziewczynkami. Nie ma sensu otwierać Domu Wdowiego tylko dla ciebie, prawda?

Lavinia okazała się zaskakującą sojuszniczką, gdy Marianne uparła się, że potrzebuje własnej przestrzeni. Marianne podejrzewała, że to dlatego, iż Lavinia od czasu do czasu lubiła do niej wpadać, by odpocząć od hałaśliwej i wymagającej rodziny. Lavinia zawsze przynosiła jakieś ciastka i dzieliły się w ciszy filiżanką herbaty, zanim wracały do chaosu panującego w głównym domu.

Marianne wątpiła, by ona i Lavinia kiedykolwiek zostały przyjaciółkami – nowej hrabinie musiało być ciężko, mając w pobliżu poprzedniczkę o dziesięć lat młodszą – a Lavinia z pewnością nie wahała się wykorzystywać zależności Marianne dla własnych celów. Mimo to Marianne nie mogła powiedzieć, że jest nieszczęśliwa.

W każdym razie nie tak nieszczęśliwa, jak była wcześniej, mimo że nie nosiła już jasnych, drogich jedwabnych sukien i nie piła szampana na najbardziej ekskluzywnych przyjęciach w Londynie. Teraz nosiła ciężkie suknie w czerni lub szarości żałoby, chociaż jej oficjalny okres żałobny skończył się miesiąc temu. Ponieważ jej mąż wolał przez większość roku mieszkać w Londynie, nie miała nic innego do noszenia, co byłoby odpowiednie na mroźne zimy w Creighton, a mając już sześć tuzinów sukien w garderobie, Arthur nie zamierzał wydać na jej ubrania ani grosza więcej.

Może powinnam spróbować sprzedać niektóre z moich starych sukien, rozmyślała Marianne, *albo wymienić je na prostsze i cieplejsze.* Z pewnością nie będzie ich już potrzebować tak wiele jak kiedyś, nawet gdy pojadą do Londynu na sezon Diany.

Przynajmniej wtedy znów zobaczy Ellen, a ta myśl ją rozgrzewała. Usiadłszy w swoim wygodnym fotelu przy kominku w malutkim saloniku, rozłożyła list i zaczęła czytać.

— Wyglądasz na wyjątkowo zadowoloną z siebie, ciociu Marianne — zauważył Arthur, gdy tylko weszła do salonu przed obiadem.

— Otrzymałam zaproszenie od mojej przyjaciółki, lady Havers — powiedziała Marianne. — Już poinformowałam ją o nadchodzącym debiucie Diany, a ona proponuje, abym pojechała do Haverford, by spędzić z nią kilka tygodni podczas świąt, a następnie towarzyszyła im w drodze do Londynu, by dołączyć do was na czas rozpoczęcia sezonu.

Arthur popijał wino; teraz opuścił kieliszek i spojrzał na nią, marszcząc czoło. — Dlaczego miałabyś to robić? — zapytał, najwyraźniej szczerze zdezorientowany.

— Odwiedzić lady Havers? — Zmieszana Marianne odwzajemniła spojrzenie. — Jest moją przyjaciółką, Arthurze, i bardzo się cieszę na ponowne spotkanie. Oczywiście zobaczyłabym się z nią w Londynie, ale będę bardzo zajęta Dianą...

— Nie — Arthur potrząsnął głową. — Myślę, że doszło do jakiegoś nieporozumienia, ciociu Marianne. Nie jedziesz do Londynu.

— Co takiego? — Marianne zamrugała zdumiona.

Lavinia nie spojrzała Marianne w oczy, gdy się odezwała. — Wyświadczyłaś nam wielką przysługę, pisząc listy polecające do wszystkich, których będziemy musieli poznać, ale nie musisz nam osobiście towarzyszyć. W istocie, o wiele lepiej będzie, jeśli zostaniesz tutaj z pozostałymi dziewczynkami, skupiając się na ich edukacji i przyszłości.

— Lepiej dla kogo? — zapytała Marianne, a potem skinęła głową, gdy spłynęło na nią olśnienie. — Ach... oczywiście dla Diany. Nie chcecie, abym odwracała uwagę potencjalnych zalotników, śmiem twierdzić.

— Pochlebiasz sobie. — Twarz Arthura przybrała purpurowy odcień. — Jesteś wdową bez grosza przy duszy. Jakąż atrakcją mogłabyś być dla dżentelmenów, którzy zabiegaliby o względy córki hrabiego?

— Nigdy nie dbałam o fałszywą skromność — poinformowała go Marianne — więc powiem tylko, że nawet gdy byłam żoną hrabiego, nigdy nie brakowało dżentelmenów, którzy powinni byli zabiegać o córki hrabiów, a zamiast tego woleli szukać mojego towarzystwa. Chociaż nigdy nie pozwolono mi nawet uśmiechnąć się w ich kierunku, a tym bardziej z nimi zatańczyć.

Doskonale rozumiała, o co chodzi i, prawdę mówiąc, nie mogła winić Arthura i Lavinii. Diana była ładną i miłą dziewczyną o spokojnym usposobieniu, ale w jednym pokoju z Marianne zbladłaby i zniknęła w tle, i wszyscy o tym wiedzieli.

— Bardzo dobrze — powiedziała Marianne po kilku chwilach napiętej ciszy. — Jeśli nie mam jechać z wami do Londynu, niech tak będzie. Czy mogę przynajmniej odwiedzić wcześniej przyjaciółkę i wrócić tutaj, gdy oni wyjadą do Londynu?

— Nie — odparł Arthur, a ona wiedziała, że nie da się go przekonać. Wpatrywał się w nią z zaciśniętymi ustami. — Nie pozwolę na to.

— Jakie to szczęście w takim razie, że nie jesteś moim mężem, ojcem ani bratem, a zatem nie masz władzy, by mi na cokolwiek pozwalać lub czegokolwiek zabraniać! — Gniew Marianne wybuchnął. Myślała, że skończyła z byciem kontrolowaną przez mężczyzn, gdy Creighton umarł. Nie będzie tego tolerować od człowieka, z którym nawet nie była spokrewniona!

— Być może nie. — Uśmiech Arthura był nieprzyjemny. — Ale z pewnością nie pozwolę na korzystanie z *naszego* powozu, a co do pieniędzy...

— Arthurze — powiedziała cicho Lavinia. — Dość.

To chyba dobrze, że Lavinia wkroczyła — pomyślała Marianne, odwracając się i wypadając z salonu z pięściami zaciśniętymi po bokach. *Gdyby Arthur powiedział jeszcze jedno słowo o moim całkowitym braku funduszy, spoliczkowałabym go i Bóg jeden wie, jak by się to skończyło.*

W korytarzu niemal zderzyła się z Dianą i jej młodszą siostrą Clarissą, które odskoczyły z zaskoczonymi okrzykami. Nie zatrzymała się nawet, by je zauważyć, maszerując prosto przez boczne drzwi, których zawsze używała, i krótką ścieżką do swojego domku.

Zamieniłam jedno więzienie na drugie — pomyślała, tupiąc nogami, gdy przechadzała się tam i z powrotem po swojej małej sypialni. Wciąż nie mogła żyć tak, jak chciała, i bardzo prawdopodobne, że nigdy nie będzie mogła.

Następnego ranka burczało jej w brzuchu, ale Marianne nie mogła się zmusić, by pójść do wielkiego domu na śniadanie i udawać, że poprzedniej nocy nic się nie stało. Spędziła bezsenną noc, rzucając się i przewracając w łóżku, próbując znaleźć wyjście ze swojego dylematu i ponosząc porażkę. Wszystko sprowadzało się do pieniędzy: czegoś, czego nie miała i nie miała jak zdobyć.

Nawet gdyby mogła znaleźć posadę płatnej guwernantki lub towarzyszki, byłoby to lepsze niż darmowa praca dla Arthura i Lavinii. Ale kto by ją zatrudnił? Nie miała przecież żadnych referencji. Chociaż mogłyby istnieć jakieś bogate rodziny kupieckie, które zatrudniłyby ją dla samej nowości posiadania hrabiny na służbie, wzdrygała się na tę myśl. Jak w ogóle miałaby znaleźć taką posadę? Nie miała najmniejszego pojęcia, jak załatwia się takie sprawy.

Pukanie do frontowych drzwi zaskoczyło ją. Westchnęła i poszła otworzyć. Rzadko miewała gości, a Lavinia nigdy nie pukała.

Ku jej zdziwieniu na progu stały Diana i Clarissa, obie patrzące na nią zmartwionymi oczami. Clarissa wyciągnęła małe zawiniątko w lnianej serwetce. — Dzień dobry, ciociu Marianne. My... myślałyśmy, że możesz być głodna.

Marianne odkryła, że nie jest zbyt dumna, by przyjąć dar. W środku znajdowała się połówka świeżego chleba, kawałek sera i kilka plasterków szynki. — Dziękuję — zdołała wydusić przez gulę w gardle. — To bardzo miłe z waszej strony, dziewczęta. Chcecie wejść?

Żadna z dziewcząt nigdy nie była w domku, więc weszły nieśmiało, rozglądając się z szeroko otwartymi oczami. Wskazała im drogę do swojego malutkiego saloniku, a one usiadły razem na małej kanapie, niemal stykając się ramionami.

— Wybaczycie mi na chwilę? — Nie czekając na ich zgodę, ruszyła do kuchni.

Gdy wróciła po przełknięciu kilku kęsów chleba, kawałka sera i plasterka szynki, czuła się znacznie bardziej opanowana. Siadając na swoim zwykłym fotelu przy kominku, przyjrzała się siostrom.

Marianne wiedziała, że między dziewczętami jest niewiele ponad rok różnicy wieku i były ze sobą bardzo blisko. Clarissa nie raz wyrażała zmartwienie z powodu wyjazdu Diany do Londynu na nadchodzący sezon, ale Marianne zawsze zakładała – błędnie, jak teraz zrozumiała – że cała rodzina tam pojedzie. Pozostawienie Clarissy byłoby przykre dla obu dziewcząt i wcale nie pomogłoby nerwom Diany.

— Dziękuję, że przyniosłyście mi coś do jedzenia — powiedziała wreszcie Marianne, gdy żadna z dziewcząt nie wydawała się skłonna przerwać ciszy. — Doceniam waszą troskę.

Diana spojrzała na Clarissę i to młodsza z sióstr się odezwała. — Ja też chcę jechać do Londynu, ciociu Marianne.

— Oczywiście, że chcesz — powiedziała Marianne ze zrozumieniem — ale nie widzę, co twoim zdaniem mogę w tej sprawie zrobić. — Clarissa i Diana musiały wszystko słyszeć zeszłej nocy, gdy podsłuchiwały w korytarzu, jak Arthur upokarzał Marianne. Musiało być dla nich oczywiste, jak niewielki wpływ ma Marianne.

— Gdyby cię tu nie było, mama i tata musieliby nas wszystkich zabrać. — Diana pochyliła się do przodu. — Gdybyś pojechała odwiedzić lady Havers, a potem dołączyła do nas w Londynie. Albo może zostałaś z państwem Havers i tylko spotykała się z nami od czasu do czasu.

— Obie wiemy, że podsłuchiwałyście wczorajszą scenę, Diano, więc już wiesz, że to niemożliwe.

— A gdybyś miała pieniądze na wyjazd? — Diana wyjęła coś z kieszeni sukni. — Obie uważamy, że tata jest dla ciebie bardzo niedobry, a po wczorajszej nocy jest oczywiste, że chce cię tu zatrzymać, żebyś była, no cóż, guwernantką, a jest takim dusigroszem, że nawet ci za to nie płaci.

Marianne przygryzła wargę. Nie zamierzała mówić źle o Arthurze jego córkom, ale wydawało się, że one i tak widzą go całkiem jasno.

— Mama jest jednak hojna, jeśli chodzi o nasze kieszonkowe, a my nie mamy w zwyczaju go wydawać. Powiedziałam dziś rano tacie, że chcę jutro pojechać do Durham i kupić jakieś drobiazgi przed wyjazdem do Londynu, a on powiedział, że możemy wziąć powóz i nawet dał mi więcej pieniędzy. — Diana wyciągnęła trzymaną sakiewkę. — To nie jest nawet w przybliżeniu tyle, ile powinnaś dostać, ale myślimy, że wystarczy na bilety na dyliżanse i pokoje w zajazdach po drodze do Herefordshire.

Marianne zawahała się. — Czyj to był pomysł?

— Mój — odparła stanowczo Clarissa. Chociaż była młodszą z dwóch, zdecydowanie była przywódczynią. — Ale obie zgadzamy się, że to słuszna decyzja.

Diana skinęła głową na znak zgody i próbowała wcisnąć sakiewkę w dłoń Marianne. — Proszę, weź ją. Tata nie będzie się zastanawiał, że pojedziesz z nami jutro do Durham na zakupy, i chociaż nie możesz wziąć więcej niż jednej torby...

— I tak nie dałabym rady unieść więcej. — Podjąwszy decyzję, Marianne przyjęła sakiewkę. — Dziękuję — powiedziała szczerze. — Chodźcie ze mną, jeśli łaska.

Diana i Clarissa poszły za nią po wąskich schodach do jej sypialni i do drugiego, mniejszego pokoju za nią, który był przeznaczony dla pokojówki. Bez własnej pokojówki Marianne używała go jednak jako garderoby – wszystkie piękne suknie, których już nie miała okazji nosić, były tam przechowywane.

— Och — szepnęła Diana z zachwytem na twarzy, wpatrując się w barwny spektakl przed nią. — Och, jakież to wspaniałe!

— Większość z nich nie nadaje się dla debiutantki, obawiam się — powiedziała z żalem Marianne, przesuwając palcami po jedwabnej sukni w kolorze wina ze złotą koronkową narzutką. — Jednak jest tu kilka w jaśniejszych kolorach, a ty jesteś prawie tego samego wzrostu co ja, Diano. Wymagałyby minimalnych przeróbek, abyś mogła je nosić. — Poruszając się pewnie wśród wiszących sukien, wybrała jedną w kolorze najbledszego różu, drugą w wiosennej zieleni z drobnym nadrukiem różowych jedwabnych kwiatków oraz srebrną satynową suknię, za którą nigdy nie przepadała, ale która wyglądałaby oszałamiająco przy ciemnobrązowych włosach i oczach Diany.

— Proszę — wręczyła jej naręcze sukien, po czym otworzyła szuflady komody i skinęła na Clarissę. — Ty jeszcze nie debiutujesz, więc obawiam się, że żadna z sukien nie byłaby dla ciebie odpowiednia, ale jest tu mnóstwo wstążek i koronek. Weź, co tylko zechcesz; jest twoje.

— Nie możemy wziąć twoich pięknych rzeczy, ciociu Marianne — zaprotestowała Clarissa.

— Nazwijmy to wymianą. — Marianne podważyła sakiewkę w dłoniach.

— To, co ci dałyśmy, nie kupiłoby ani jednej z tych sukien! — wykrzyknęła Diana, próbując je oddać, ale Marianne odmówiła.

— Mylisz się, moje drogie. Dałyście mi wolność. Nie mogę tego ze sobą zabrać, a wolę, żebyście wy je nosiły, niż żeby zmarniały tutaj. Wszystko, co zostawiam, jest wasze; oddaję wam to dobrowolnie.

Przejęte, obie dziewczyny przytuliły się do niej i dziękowały jej wylewnie, ale Marianne wiedziała, że to one dały jej większy dar.

ROZDZIAŁ CZWARTY

Havers Hall, Herefordshire, połowa grudnia 1819

PIĘĆ DNI PÓŹNIEJ MARIANNE szła powoli długim, wysadzanym drzewami podjazdem do Havers Hall, a torba mocno ciążyła jej w zmęczonym ramieniu. Podróż z Creighton była długa, zimna i wyczerpująca, a ostatni jej etap okazał się najgorszy. Zapłaciła farmerowi wracającemu z Worcester do Haverford, żeby ją podwiózł, ale ten wysadził ją na początku podjazdu, rzucając uwagę z tak silnym akcentem, że nie rozumiała więcej niż co drugie słowo.

Dwa z tych słów brzmiały jednak „Havers Hall", co w połączeniu ze wskazującym palcem i wesołym uśmiechem mężczyzny uznała za znak, że koniec jej podróży wreszcie się zbliża.

Półmilowy spacer był ostatnią rzeczą, na jaką miała ochotę, ale nie miała wyboru. Zbierając ostatki sił i modląc się, by Ellen i Thomas byli w domu, powlokła się długą, wysypaną żwirem drogą, zbyt zmęczona, by docenić piękno domu, który wyłaniał się przed jej oczami.

Havers Hall było dużą budowlą ze złotego kamienia, który w słoneczny letni dzień zapewne promieniałby w słońcu, lecz nawet w szary grudniowy dzień, pod groźbą deszczowych chmur, wciąż prezentował się wspaniale. Im bardziej się zbliżała, tym bardziej onieśmielający wydawał się dom, a Marianne poczuła zdenerwowanie na myśl o tym, jak zostanie przyjęta, wchodząc po szerokich, łagodnych schodach do ogromnych, podwójnych drzwi głównego wejścia.

Może każą mi iść na tyły, do wejścia dla służby, pomyślała z cichym chichotem. Miała na sobie jedną ze swoich najprostszych sukien, z ciemnoszarej wełny, praktyczną w podróży, ale z pewnością nieelegancką.

Po jej pukaniu drzwi otworzyły się natychmiast, a kamerdyner o wyniosłej minie zmierzył ją wzrokiem od stóp do głów, po czym rzekł:

— W czym mogę pani pomóc?

— Marianne, Lady Creighton. — Spróbowała odpowiedzieć mu równie wyniosłym tonem i chyba w jakiejś mierze jej się to udało, ponieważ kamerdyner wyglądał na lekko zaskoczonego i natychmiast odsunął się na bok, by zaprosić ją do środka.

— Proszę o wybaczenie, jaśnie pani. Rozumiem, że nie spodziewano się pani jeszcze przez tydzień, ale lord i lady Havers bez wątpienia będą zachwyceni, mogąc panią powitać.

— Dziękuję — mruknęła Marianne z ulgą.

— Nazywam się Allsopp, jestem kamerdynerem. Czy mogę wziąć pani torbę? A, hm, reszta bagażu?

— Później, panie Allsopp — wymamrotała, z ulgą pozwalając mu wysunąć torbę z jej zmarzniętych palców.

Odsunął się z torbą na bok i pociągnął za sznur dzwonka, a po chwili w wielkim holu pojawił się lokaj. — Matthew, proszę powiadomić jej wysokość, że jej gość, Lady Creighton, przybyła przed czasem.

Rozkaz ten stał się zbędny już chwilę później, gdy Ellen, Lady Havers, zeszła po schodach, ubrana w niebieską suknię, którą można by uznać za zbyt prostą dla damy jej rangi, gdyby się nie znało samej Ellen. Na widok przyjaciółki na zmęczonej twarzy Marianne pojawił się uśmiech; wyglądało na to, że Ellen wcale się nie zmieniła w najważniejszych kwestiach, mimo że była teraz hrabiną.

— Marianne? — spytała z niedowierzaniem Ellen.

Muszę wyglądać okropnie, pomyślała Marianne, *blada, zmęczona i brudna od kurzu z drogi*. Radość Ellen na jej widok była jednak szczera i zaraz znalazła się w jej ciasnym uścisku.

— Droga Marianne, nie uprzedziłaś, że przyjedziesz wcześniej! Właściwie w ogóle nie dostałyśmy od ciebie żadnego listu. Miałam nadzieję, że przyjmiesz zaproszenie... Ależ ty drżysz z zimna! Chodź do biblioteki, jest tam cudownie ciepło. Panie Allsopp, proszę natychmiast podać gorącą herbatę i cokolwiek, co kucharz może szybko przygotować na rozgrzanie dla Lady Creighton.

— Natychmiast, jaśnie pani — powiedział Allsopp do ich pleców, gdy Ellen objęła Marianne ramieniem i poprowadziła ją przez drzwi do pięknej biblioteki, jasnej i przestronnej, zupełnie niepodobnej do ciemnego, wyłożonego boazerią, stęchłego pokoju w Creighton Hall. W kominku wesoło trzaskał ogień. Wkrótce Marianne została posadzona w wygodnym fotelu, a Ellen chwyciła szal z oparcia innego krzesła i otuliła nim jej ramiona.

— Proszę, zaraz się rozgrzejesz. Tak się cieszę, że cię widzę.

Marianne poczuła się absurdalnie, że radosne powitanie Ellen doprowadziło ją do łez, ale nie mogła powstrzymać grubych kropel, które groziły, że spłyną jej po policzkach.

Spostrzegawcza i życzliwa Ellen zauważyła jej strapienie i natychmiast wcisnęła jej w dłonie chusteczkę. — Ćśś, już dobrze. Jesteś zmęczona i zdenerwowana. Napijemy się gorącej herbaty, a wszystko opowiesz mi później.

Wdzięczna, że Ellen jej nie naciska, Marianne powoli odzyskała spokój przy herbacie i bułeczkach, ciepłych jeszcze z pieca, ociekających masłem i dżemem. Poświęciła chwilę, by przyjrzeć się przyjaciółce, dochodząc do wniosku, że małżeństwo wyraźnie służyło Ellen. Młoda hrabina wprost promieniała i chociaż krój jej sukni był prosty, Marianne dostrzegła teraz jakość materiału i delikatny haft o odcień ciemniejszy od delikatnej wełny, zdobiący stanik. Jej ciemnobrązowe włosy były pięknie zakręcone i ułożone, z warkoczami owiniętymi wokół głowy w koronę, a jej życzliwe, brązowe oczy lśniły szczęściem.

Zazdrość ścisnęła Marianne za żołądek, więc spuściła wzrok na filiżankę, w duchu się karcąc. Ellen zasługiwała na swoje szczęście. Straciła rodziców, dom, wszystko. Gdyby Thomas niemal cudem nie odziedziczył hrabstwa i nie zakochał się w swojej dalekiej kuzynce, kto wie, do jakiego stanu mogłaby zostać sprowadzona Ellen? Przynajmniej Marianne nigdy nie musiała się martwić o dach nad głową, nawet teraz.

— Moja gospodyni pewnie już wywietrzyła i ogrzała twój apartament — powiedziała Ellen, gdy skończyły pić herbatę — więc pozwól, że cię zaprowadzę na górę i będziesz mogła się odświeżyć. Zejdziesz dziś na kolację, czy wolisz zjeść na tacy w swoim pokoju? Na razie jesteśmy tylko ja i Thomas, ponieważ reszta naszych gości ma przybyć dopiero w przyszłym tygodniu, ale bylibyśmy zachwyceni twoim towarzystwem. A potem, być może, zechcesz nam opowiedzieć, co sprawiło, że zjawiasz się na naszym progu w takim stanie, sama, z jedną tylko małą torbą?

Słowa Ellen były łagodne, ale wywołały w Marianne kolejną falę poczucia winy. — Tak — zgodziła się, podnosząc wzrok, by spotkać życzliwy uśmiech przyjaciółki. — Tak, z przyjemnością dołączę do was na kolację i wtedy wszystko wam opowiem.

Marianne przywiozła ze sobą jedną ładną suknię z lawendowego jedwabiu, która, o dziwo, zwijała się w niewielki rulon. Pokojówka, którą Ellen przysłała do jej usług, wyprasowała ją, podczas gdy Marianne zażywała luksusowej kąpieli w miedzianej wannie wypełnionej parującą wodą i aromatycznym mydłem, zmywając z siebie brud podróży i pozwalając napiętym nerwom się rozluźnić. Od wyjazdu z Creighton ledwo spała, a poczucie, że wreszcie jest bezpieczna i w cieple, sprawiło, że powieki opadały jej ze zmęczenia.

— Jaśnie pani — odezwała się cicho pokojówka — czy mam teraz spłukać pani włosy? W przeciwnym razie będzie zbyt mało czasu, by je wysuszyć przed kolacją.

— Tak, dziękuję — powiedziała Marianne, z pewną niechęcią zmuszając się do tego, by usiąść prosto. — Przepraszam, nie dosłyszałam pani imienia wcześniej?

— Jean, jaśnie pani. — Miała sprawne dłonie; delikatnie umyła długie, falowane, kasztanowe włosy Marianne, rozczesała splątania i mocno wycisnęła je w gruby lniany ręcznik, by usunąć jak najwięcej wody, po czym pomogła Marianne wyjść z wanny i otuliła ją pięknym jedwabnym szlafrokiem, którego z pewnością nie było w małej torbie Marianne.

— Proszę usiąść przy ogniu, jaśnie pani, i wysuszmy te włosy — zachęciła Jean, a Marianne posłusznie podążyła za nią, z przyjemnością zatapiając się w wygodnie obitym fotelu i podwijając pod siebie stopy, przechylając głowę w stronę płomieni.

Musiała przysnąć, podczas gdy Jean wróciła do prasowania jej sukni i zajmowania się resztą ubrań, które wymagały prania, ponieważ następną rzeczą, jaką pamiętała, było delikatne budzenie przez Jean i świadomość, że jej włosy są już całkiem suche.

— Wydaje się pani bardzo zmęczona, jaśnie pani. Czy jest pani pewna, że nie wolałaby pani tacy tutaj i pójść prosto do łóżka? Jestem pewna, że hrabia i hrabina nie mieliby nic przeciwko...

— Nie, nie — Marianne zbyła troskę Jean. — Dziękuję pani, ale czuję się znacznie odświeżona po tym krótkim odpoczynku i nie mogę się doczekać ponownego spotkania z lordem Havers. — W tym momencie jej żołądek wydał głośne burczenie, a ona zachichotała. — Przyznaję też, że czuję się okropnie wygłodniała!

— Jak sobie pani życzy, jaśnie pani — odparła Jean z cichym śmiechem. — Jak mam panią uczesać?

Nie chcąc sprawiać Jean zbyt wiele kłopotu, Marianne zdecydowała się na prosty węzeł z warkoczy na karku, z kilkoma luźnymi lokami opadającymi po bokach twarzy. Nie po raz pierwszy była wdzięczna za swoje naturalnie falowane włosy; bardzo łatwo się kręciły i nie wymagały wiele pracy, by ułożyć je w dowolną modną fryzurę.

Wkrótce podążała za tym samym młodym lokajem, który przy jej przybyciu zabrał jej torbę, przez kręte korytarze wspaniałej starej rezydencji, podziwiając obrazy na ścianach, pięknie wypolerowane drewniane podłogi i grube dywany, nieskazitelną czystość wszystkiego. — Utrzymanie rezydencji w takim stanie musi wymagać armii służących — zauważyła na głos Marianne.

— Lord i lady Havers nie odmawiają pracy nikomu, kto jej potrzebuje — odpowiedział lokaj, co ją nieco zaskoczyło. — Rozpoczęli program szkolenia młodych mężczyzn i kobiet, którzy chcą podjąć służbę, a służący wyszkoleni w Havers Hall cieszą się teraz dużym popytem w całym hrabstwie. Otwarto też szkołę we wsi, a wszyscy miejscowi chłopcy i dziewczęta uczą się czytać i pisać.

Lokaj brzmiał, jakby mówił o czymś niebywałym, i Marianne domyśliła się, że nauczanie dzieci z ludu czytania i pisania, zwłaszcza dziewcząt, było czymś niesłychanym. Brzmiało to jednak bardzo w stylu troskliwej Ellen, którą znała, i jej egalitarnego amerykańskiego męża. — Jak wspaniale — powiedziała zachęcająco, gdy schodzili po wielkich schodach. — A czy pan jest jednym z tych praktykantów?

— Tak, jaśnie pani. Czy to tak bardzo widać? — Wyglądał na zupełnie przerażonego, a ona próbowała się nie roześmiać.

— Wcale nie, nigdy bym nie zgadła. Byłam po prostu ciekawa — powiedziała życzliwie, chociaż w rzeczywistości większość lokajów nie odezwałaby się do niej, chyba że zadałaby im bezpośrednie pytanie. Bez wątpienia młody człowiek nauczy się tej zasady w miarę kończenia szkolenia, chociaż jej jego swobodna, informacyjna postawa wydała się całkiem odświeżająca.

Allsopp, kamerdyner, stał w holu u stóp schodów i skłonił się jej nisko, gdy zeszła na ostatni stopień. — Dobry wieczór, Lady Creighton. Lord i lady Havers oczekują jaśnie pani w salonie. — Wskazał jej gestem, by poszła za nim.

Thomas i Ellen stali przy kominku, pogrążeni w rozmowie, ale natychmiast przerwali ją z powitalnymi uśmiechami, gdy Allsopp wprowadził Marianne do salonu i formalnie ją zapowiedział.

— Lady Creighton, miło mi panią znowu widzieć. — Thomas formalnie skłonił się nad jej dłonią. — Ellen jest przeszczęśliwa, że mogła pani przybyć tak szybko.

Marianne uśmiechnęła się do niego. — To ja jestem przeszczęśliwa, że tu jestem... i proszę, mów mi Marianne. Skoro narzucam się z moją gościną bez uprzedzenia, naleganie na formalności wydaje się dość niedorzeczne.

Thomas zaśmiał się i skinął głową. — Jestem pewien, że wiesz, że formalne zwroty i tak nie przychodzą mi z łatwością — powiedział szczerze — więc bardzo się cieszę, słysząc to od ciebie, Marianne. Oczywiście musisz mi mówić Thomas.

— Oczywiście — powtórzyła i pozwoliła Ellen wziąć ją za rękę i przyciągnąć bliżej ognia, podczas gdy Thomas nalał jej kieliszek sherry do skosztowania przed kolacją.

Otoczona ciepłem ich powitania i z doskonałą kolacją przed sobą, Marianne poczuła się na tyle komfortowo i bezpiecznie, by powoli wyjawić, co skłoniło ją do opuszczenia Creighton w takim pośpiechu i tajemnicy. Ellen głośno wyrażała swoje oburzenie w jej imieniu, oświadczając, że jest zdegustowana zachowaniem Arthura i Lavinii, którzy próbowali zabronić Marianne wyjazdu do Londynu.

— Twoje siostrzenice brzmią jednak jak kochane dziewczynki! — oświadczyła Ellen, gdy Marianne wyjaśniła, jak Diana i Clarissa umożliwiły jej ucieczkę. — Nie mogę się doczekać, by poznać je w Londynie, i oczywiście musisz pojechać tam z nami i zostać z nami na cały Sezon. Jesteś u nas mile widziana tak długo, jak zechcesz, najdroższa, nawet na całe życie, jeśli zajdzie taka potrzeba. I proszę, uwierz mi, kiedy mówię, że z pewnością nie oczekuję, że będziesz pełnić rolę nieodpłatnej guwernantki czy towarzyszki! Właściwie, jeśli byłabyś zainteresowana — rzuciła okiem na Thomasa, który łagodnie skinął głową — w Haverford jest kilka młodych kobiet, którym z pewnością przydałoby się spotkanie z damą o twojej klasie i talentach. Nie mam wątpliwości, że moglibyśmy znaleźć dla ciebie jakąś płatną pracę, gdybyś chciała.

— Bardzo bym to doceniła — powiedziała stanowczo Marianne, chociaż nigdy w życiu nie przepracowała ani jednego dnia.

Thomas spojrzał na nią przenikliwie, ale nic nie powiedział, gdy Ellen kontynuowała.

— Właściwie, gdybyś zechciała, sama bardzo bym doceniła twoją radę. Nigdy nie organizowałam przyjęcia w domu i jest tysiąc i jeden sposobów, na które mogę popełnić spektakularną towarzyską gafę. Twoja pomoc byłaby nieoceniona... Thomasie, kochanie, czy mógłbyś dowiedzieć się, jaka jest obowiązująca stawka dla płatnej towarzyszki? Chcę się upewnić, że nie wykorzystuję Marianne...

— Z pewnością nie — powiedziała Marianne w tym samym momencie, gdy Thomas odparł:

— Oczywiście, moja miłości.

— Nie mogłabym przyjąć zapłaty za pomoc tobie, Ellen — kontynuowała Marianne. — Proszę, potraktuj to jako moje podziękowanie za twoją najszczodrzejszą gościnność. Cokolwiek mogę zrobić, by ci pomóc, proszę, musisz tylko poprosić.

— Z pewnością to zrobię. — Uśmiech Ellen był nieco zadziorny. — Możesz pożałować tak hojnej oferty!

— Nigdy. — Niezmiernie wdzięczna za życzliwość i zrozumienie Ellen, Marianne wyciągnęła rękę, by uścisnąć jej dłoń. — Dziękuję — powiedziała cicho, spoglądając to na Ellen, to na Thomasa, a potem znowu na nią. — Dziękuję wam obojgu tak bardzo.

— Nie ma za co — rzekł Thomas w imieniu obojga, a Ellen w odpowiedzi uścisnęła dłoń Marianne. — Od czego w końcu są przyjaciele?

ROZDZIAŁ PIĄTY

MAM NIEWIARYGODNE SZCZĘŚCIE, że mam takich przyjaciół, pomyślała Marianne, gdy następnego ranka pozwoliła Jean ułożyć sobie włosy. Choć miała na sobie tylko prostą suknię, została ona świeżo uprana, wyprasowana i zwrócona jej tego ranka, wyglądając jak nowa. Podziękowała Jean wylewnie, lecz pokojówka wydawała się jedynie zaskoczona, po czym poinformowała ją, że Havers Hall ma całe mnóstwo praczek, które z radością jej pomogą.

— Czy reszta twojej garderoby wkrótce przyjedzie, jaśnie pani? — zapytała delikatnie Jean, wsuwając ostatnią szpilkę, by podtrzymać fryzurę z warkoczy, które zręcznie zaplotła z gęstych, kasztanowych włosów Marianne.

— Obawiam się, że nie — przyznała Marianne.

Jean zamyślona zacisnęła usta. — Jesteś wyższa od lady Havers, ale bardziej zbliżona posturą do lady Louisy, córki poprzedniego hrabiego — powiedziała. — W zeszłym roku wywołała okropny skandal, uciekając z lokajem z londyńskiego domu. Zostawiła po sobie całkiem pokaźną garderobę. Może porozmawiałabyś z lady Havers o przerobieniu niektórych rzeczy na twój użytek?

— Nie mogłabym — odparła Marianne, choć tęsknie pomyślała o oszałamiających sukniach, które zwykła nosić lady Louisa Havers. Kuzynka Thomasa, Louisa, miała nadzieję zostać następną hrabiną Havers poprzez małżeństwo z Thomasem, lecz ten wybrał Ellen, a Louisa zniknęła w skandalu, który był tematem rozmów całego Londynu... przynajmniej do czasu, aż mąż Marianne niespodziewanie zmarł dzień po ślubie Thomasa i Ellen.

Jean wyglądała raczej na zamyśloną, niżby przyjęła odmowę Marianne do wiadomości, i Marianne podejrzewała, że pokojówka zamierza podejść do tematu okrężną drogą, całkiem możliwe, że przez osobistą pokojówkę Ellen. A niech i tak będzie. Marianne z pewnością nie mogłaby o to prosić sama, chociaż chciałaby mieć do noszenia coś bardziej eleganckiego.

Przed jej drzwiami czekał kolejny młody lokaj, by odprowadzić ją do pokoju śniadaniowego, zupełnie innego pomieszczenia niż to, w którym jedli kolację zeszłego wieczoru, a które, jak dowiedziała się Marianne, zwano Dębową Jadalnią z powodu dębowych paneli na ścianach. Była tam również Wielka Jadalnia, na wypadek gdyby na kolacji spodziewano się więcej niż dwudziestu osób.

— A czy na przyjęciu oczekuje się ponad dwudziestu gości? — zapytała gadatliwego młodzieńca Marianne. Nie uczestniczyła w tak dużym zgromadzeniu, odkąd opuściła Londyn w zeszłym roku po śmierci męża.

— Nie jako gości nocujących w rezydencji, nie, jaśnie pani, ale zaplanowano kilka okazji, na które zaproszonych będzie więcej osób. Miejscowa szlachta, rozumie pani.

— Oczywiście — zgodziła się Marianne, stwierdzając, że z entuzjazmem wyczekuje przyjęcia. Zawsze lubiła spotkania towarzyskie, choć jej przyjemność była zazwyczaj ograniczana przez surowe zakazy męża. Wolność tańczenia i rozmawiania z kimkolwiek zechce, mężczyzną czy kobietą, była długo wyczekiwaną uciechą.

Kiedy Marianne weszła, Ellen była sama w pokoju śniadaniowym, jedząc muffinki posmarowane dżemem jeżynowym.

— Dzień dobry! — zawołała Ellen, odsuwając gazetę, którą przeglądała. — Siadaj, proszę. — Wskazała na miejsce obok siebie. — Masz ochotę na herbatę, kawę czy czekoladę? Hugh przyniesie ci świeżą. I proszę, powiedz Jacobowi, co chciałabyś na śniadanie.

Dwóch różnych lokajów stało w gotowości, by skoczyć na jej rozkaz, zauważyła z rozbawieniem Marianne. Ellen musiała spędzać całe dnie na wymyślaniu zadań, by cała jej służba była zajęta. Nic dziwnego, że wszystko w rezydencji wyglądało tak doskonale.

— Herbata będzie cudowna, dziękuję — powiedziała Hughowi, a następnie zwróciła się do drugiego lokaja. — I mam słabość do jajek w koszulkach z tostami z masłem, jeśli to nie byłby zbyt duży kłopot dla pańskiej kucharki?

— Ależ skąd, jaśnie pani. — Jacob ukłonił się, a Ellen i Marianne zostały na chwilę same, gdy dwaj lokaje pośpiesznie odeszli, by przynieść jej śniadanie.

Ellen uśmiechnęła się do niej ciepło, gdy Marianne usiadła na krześle, a potem, ku najwyższemu zdziwieniu Marianne, powiedziała: — Co chciałabyś dzisiaj robić?

Marianne wpatrywała się w nią z otwartymi ustami. Patrzyła tak długo, że Ellen zaczęła się wiercić, najwyraźniej czując się nieco niezręcznie.

— Czy coś jest nie tak, Marianne?

— Próbowałam sobie przypomnieć, kiedy ostatnio ktoś zadał mi to pytanie — powiedziała z trudem Marianne, czując napływające do oczu łzy — i wiesz, chyba nikt *nigdy* mnie o to nie zapytał.

— Och! — Dłoń Ellen powędrowała jej do ust. W jej oczach, pełnych współczucia, Marianne zobaczyła, że przyjaciółka zrozumiała głębię znaczenia jej pytania. Wybór, dany swobodnie komuś, kto nigdy go nie miał.

Powrót Hugh z herbatą dla Marianne przerwał tę chwilę wzruszenia, chociaż Marianne i tak musiała wziąć kilka łyków i parę głębokich oddechów, zanim poczuła się na siłach, by znów mówić. — Co proponujesz? — zapytała Ellen. — Z przyjemnością zwiedziłabym rezydencję, ale jeśli masz inne pomysły, cała zamieniam się w słuch.

— Zwiedzanie brzmi idealnie — powiedziała zachęcająco Ellen — zwłaszcza że zapowiada się na deszcz przez cały dzień. Po roku mieszkania tutaj myślę, że przynajmniej już się we wszystkim orientuję. Albo raczej wreszcie, powinnam powiedzieć. Nie zliczę, ile razy się zgubiłam; Allsopp musiał wysyłać za mną więcej niż jedną ekipę poszukiwawczą!

Marianne roześmiała się, tak jak Ellen najwyraźniej zamierzała. — Te wielkie, stare domy to istne utrapienie, prawda? Creighton Hall jest bardzo podobne. Podczas gdy frontowa elewacja wygląda spójnie i elegancko, z tyłu często znajduje się zbieranina przeróbek i dobudówek, które czynią z domu absolutny galimatias.

— Rzeczywiście — kiwnęła głową Ellen — i mimo że miał wszystkie pieniądze świata, stary hrabia był skończonym skąpcem. Zamknął połowę rezydencji, nie zatrudniał wystarczającej liczby służby, by utrzymać pokoje w dobrym stanie, i pozwolił, by popadły w ruinę. Razem z Thomasem otwieramy je, odnawiamy i zamawiamy nowe meble, dywany i zasłony u lokalnych rzemieślników. Gdy wszystko wreszcie zostało ukończone, pomyśleliśmy, że przyjęcie będzie miłym sposobem na uczczenie ponownego otwarcia całej rezydencji.

— Bardzo miły pomysł — zgodziła się Marianne.

— Ale potrzebuję twojej rady. Thomas oczywiście nie ma o tym pojęcia, a ja... cóż, kwestia pierwszeństwa to wciąż dla mnie zagadka. Zawsze było tak, że wszyscy byli nade mną, a ja zdecydowanie na szarym końcu. — Ellen uśmiechnęła się tęsknie. — Nie mam pojęcia, kto powinien dostać najlepszy apartament dla gości: owdowiała księżna czy markiz? Czy owdowiała siostra zubożałego hrabiego ma pierwszeństwo przed bogatym dziedzicem wicehrabiego?

— Księżna. I tak, miałaby, ponieważ damy zawsze mają pierwszeństwo przed dżentelmenami — powiedziała Marianne, śmiejąc się, gdy Ellen spojrzała ze konsternacją.

— Dzięki Bogu, że przyjechałaś wcześniej! Wszystko pomyliłam!

— Zaraz wszystko uporządkujemy — obiecała Marianne, gdy jej śniadanie zostało podane z wielką ceremonią. — Jak tylko uczciwie zajmę się tym wspaniałym śniadaniem, możesz przynieść swoje notatki i zabierzemy się do pracy.

Z doświadczoną pomocą Marianne i armią służby, gotową skoczyć na jej najmniejsze skinienie, Ellen wkrótce miała plan zakwaterowania nadjeżdżających gości, co do którego czuła się znacznie pewniej. Spędziły cały ranek, zwiedzając dom, sprawdzając sypialnie i pościel, po czym odkryły, że są całkiem wygłodniałe, gdy pojawił się Allsopp, by delikatnie zasugerować, że być może zechcą zrobić sobie przerwę na lekki lunch, który przygotowała dla nich kucharka.

— Czy już jest południe? — zapytała zaskoczona Ellen.

— Chyba tak, bo mój żołądek burczy przynajmniej od pół godziny — przyznała Marianne.

Wsuwając ramię pod ramię Marianne, Ellen uśmiechnęła się. — Jestem okropną gospodynią, jak widzisz. Jesteś tu niecały dzień, a ja już zamęczam cię pracą i głodzę!

— Nonsens. — Marianne roześmiała się z przekomarzania Ellen. — Z radością służę pomocą, obiecuję, i nie mogę się doczekać, by poznać twoich gości.

— Cóż, będziemy eklektycznym towarzystwem. — Ellen zaprowadziła ją z powrotem przez mylący labirynt korytarzy do centralnej części domu i do uroczego saloniku, w którym jadły śniadanie. — Mam nadzieję, że stanie się to swego rodzaju tradycją, by zbierać się w Havers Hall na świąteczne przyjęcie.

— Uroczy pomysł. Możesz liczyć na moją obecność w przyszłości. Jeśli zostanę zaproszona, rzecz jasna — dodała Marianne.

— Oczywiście, że jesteś, a w przyszłości polecę Thomasowi, by wysłał po ciebie powóz, żeby uniknąć dalszych problemów z transportem! — Ellen była oburzona w imieniu Marianne, wściekła, że Arthur i Lavinia odmówili jej prośbie o podróż i skutecznie próbowali zamienić ją w nieodpłatną towarzyszkę dla ich dzieci.

— Dziękuję ci, moja droga — powiedziała Marianne, wdzięcznie ściskając ramię Ellen, po czym puściła je i zajęła miejsce przy stole.

Thomas wszedł, by do nich dołączyć, a Ellen zerwała się na nogi, by go powitać, z rozpromienioną twarzą. Wymienili dyskretny pocałunek, zanim zajęli miejsca.

— Jak panie spędziły poranek? — zapytał Thomas, gdy lokaje podali im zupę i chleb, nalewając do filiżanek mętny cydr jabłkowy, który, podany na ciepło, był absolutnie pyszny. Marianne nie była przyzwyczajona do jedzenia porządnego posiłku o tej porze dnia, ale odkryła, że to przyjemna koncepcja, a po porannych wysiłkach była głodna.

Marianne popijała ze swojej filiżanki, podczas gdy Ellen opowiadała o ich zajęciach, a Thomas słuchał z ewidentnym zainteresowaniem, dodając od czasu do czasu kilka uwag. On najwyraźniej spędził poranek z jednym z dzierżawców, omawiając tegoroczne plony i nasiona, które zostaną zasiane podczas następnych zbiorów.

Marianne nie pamiętała, by jej mąż kiedykolwiek zajmował się czymś tak przyziemnym, tak robotniczym. Wszystkie tego typu decyzje pozostawiał zarządcy majątku, zadowalając się jedynie liczeniem zysków i przekazywaniem części z nich swoim doradcom inwestycyjnym. Inna część była przeznaczona dla Marianne, a najlepsi londyńscy krawcy co tydzień dostarczali jej nowe suknie. Była dla niego niczym więcej niż ozdobą, czymś pięknym i drogim, czego nikt inny nie mógł mieć. Nigdy nie zachęcał jej do brania udziału w prowadzeniu domu, chociaż była córką wicehrabiego i została dobrze wyszkolona w zarządzaniu wielką posiadłością.

Pomaganie Ellen dzisiaj było najbardziej satysfakcjonującą rzeczą, jaką Marianne pozwolono robić od lat, i miała nadzieję, że Ellen nadal będzie chciała jej wkładu i rady przez całe przyjęcie.

Tak chyba jest, jak ma się brata i siostrę, pomyślała Marianne, gdy posiłek trwał, a Thomas i Ellen z radością włączali ją do swojej rozmowy. Jej brat zginął w walce z Napoleonem, gdy miała zaledwie trzynaście lat, a był o pięć lat starszy, więc niewiele go pamiętała. Może gdyby żył, mogliby być przynajmniej przyjaciółmi.

Czuła się tak bardzo swobodnie z Thomasem i Ellen, pewna, że mogłaby im wszystko powiedzieć lub poprosić o pomoc i otrzymać ją bezinteresownie, bez oczekiwania na spłatę. Gdy Thomas mimochodem poinformował ją, że wysłał dwóch służących i powóz, by odebrać jej garderobę z Kumbrii i że powinni wrócić, zanim przyjęcie na dobre się rozpocznie, Marianne z trudem powstrzymywała łzy.

Okazało się, że czasami nie trzeba nawet prosić.

ROZDZIAŁ SZÓSTY

Tydzień później Marianne czuła się tak, jakby mieszkała w Havers Hall od połowy życia. Będąc po imieniu z każdym członkiem (bardzo licznej) służby, znała już drogę po pięknym, starym domu równie dobrze, jak Thomas i Ellen. A jeśli nie do końca pamiętała imienia każdego przodka Haversów w galerii portretów, cóż, nie byli to *jej* przodkowie.

Marianne siedziała z Ellen w dużym, pięknie urządzonym frontowym salonie, w którym zazwyczaj przyjmowano gości. Oczekiwano, że pierwsi goście przybyli na spotkanie towarzyskie w wiejskiej rezydencji pojawią się jeszcze dzisiaj, ale ponieważ Thomas doglądał akurat posiadłości, czekały tylko we dwie, obie usadowione w wygodnych fotelach przy kominku, z książkami w ręku.

Czytanie było kolejną radością, którą Marianne odkryła na nowo. Creighton niemal całkowicie jej tego zabronił, nie pozwalając na kupowanie żadnych książek ani zapisanie się do wypożyczalni i odmawiając jej dostępu do własnej biblioteki. Ellen jednak była zapalonym molem książkowym, podobnie jak Thomas, i oboje lubili spędzać co najmniej godzinę lub dwie dziennie wygodnie zaszyci z lekturą. Ellen zachęciła ją, by wybrała sobie, co tylko zechce z ich eklektycznej kolekcji. Marianne wkrótce odkryła, że lubi tę cichą godzinę spędzaną między stronicami, odkrywając cudowne światy, które żyły w wyobraźni.

Odgłos kopyt i kół powozu sprawił, że obie kobiety podniosły wzrok, a Marianne z żalem wsunęła wstążkę między kartki i zamknęła książkę.

— Możesz dokończyć później — powiedziała Ellen z uśmiechem, widocznie dostrzegając jej żal.

— Muszę przyznać, że ogromnie mi się podoba. Odrzucić dwóch zalotników! Elizabeth Bennet miała doprawdy szczęście, że miała wspierającego ojca, który nie zmusił jej do poślubienia pana Collinsa. Ale mam nadzieję, że jej matka nie dowie się, że odrzuciła również pana Darcy'ego.

Ellen roześmiała się. — Nie będę ci psuła lektury, ale bardzo się cieszę, że ci się podoba. Pomyślałam, że docenisz historię, w której bohaterka ma okazję powiedzieć „nie" i wygarnąć nieodpowiednim kandydatom, co o nich myśli!

— Owszem. — Marianne westchnęła z zadowoleniem. — Będę szczera: największą przyjemność czerpię z pewności, że Creighton wpadłby w szał na samą sugestię, że powinnam móc to przeczytać.

Ellen zachichotała. W ciągu ostatnich kilku dni zbliżyły się do siebie na tyle, że Marianne czuła się bezpiecznie, zwierzając się Ellen, jak bardzo nienawidziła, gardziła i bała się swojego męża. Były pewne rzeczy dotyczące jej małżeństwa, o których wątpiła, że kiedykolwiek będzie w stanie opowiedzieć, ale w pewnym sensie opowiedzenie Ellen tego, co mogła, było oczyszczające. Kiedy schodziły po schodach do holu, Marianne ponownie pomyślała, jak bardzo się cieszy, że Ellen usiadła obok niej w kąciku podpieraczek ścian, gdzie Marianne ukrywała się przed mężem na balu, na którym się poznały.

Allsopp otwierał drzwi, a dwóch lokajów stało w pogotowiu, by zbiec po schodach i pomóc gościom wysiąść z powozu, który właśnie się zatrzymywał. Cztery piękne, gniade konie ciągnęły powóz najwyższej jakości, ewidentnie bardzo nowy, ale bez herbu rodowego na drzwiczkach. *Nowobogaccy*, oceniła Marianne. Nie żeby ją to obchodziło. Pieniądze Creightona były bardzo stare, a ona gardziła każdym dorosłym męskim członkiem tego rodu.

— Alleyne'owie — mruknęła Ellen, gdy lokaj otworzył drzwiczki powozu, a z niego z gościnnym uśmiechem wysiadła atrakcyjna kobieta w późnym wieku średnim, ubrana w praktyczną suknię pod ciężkim wełnianym płaszczem.

— Chyba ich nie znam. — Marianne patrzyła, jak zaraz za nią wysiada dżentelmen z łysiejącym czubkiem głowy i życzliwą twarzą.

— Sir Tobias i lady Alleyne – Isabelle. Ich córka Leonora debiutowała tej jesieni. Jest zdeklarowaną podpieraczką ścian, ale ma najpiękniejszy głos; będę ją błagać, żeby raczyła nas zabawiać wieczorami.

Leonora była najwyraźniej młodą damą, która wysiadała z nieśmiałym uśmiechem i słowem podziękowania dla pomagającego jej lokaja. Z mysiobrązowymi włosami, okrągłą, różową twarzą i figurą nieco zbyt pulchną jak na wymogi mody Marianne rozumiała, dlaczego dziewczyna jest podpieraczką ścian. Nie stanowiłaby konkurencji dla piękności londyńskiego towarzystwa.

— Wygląda na miłą. Chętnie poznam ją i jej rodziców.

Ellen posłała jej wdzięczne spojrzenie, gdy rodzina wchodziła po schodach, by do nich dołączyć. Towarzyszył im młody mężczyzna w wieku około dwudziestu lat. Wysoki i chudy, miał takie same mysiobrązowe włosy jak Leonora.

— Witamy w Havers Hall — powiedziała Ellen.

— Lady Havers — rzekła lady Alleyne. — Jak dobrze panią znów widzieć. Havers Hall jest jeszcze piękniejsze, niż sobie wyobrażałam. Proszę pozwolić, że przedstawię naszego syna, Josepha.

— Miło mi pana poznać, panie Alleyne. — Ellen wyciągnęła rękę, a Joseph poprawnie się nad nią ukłonił. Marianne była wtedy bardzo dumna z Ellen, gdy jej przyjaciółka przypomniała sobie właściwy sposób przedstawiania osób o niższej randze; odwróciła się do Marianne i powiedziała: — Lady Creighton, proszę pozwolić, że przedstawię moich przyjaciół, sir Tobiasa i lady Alleyne, oraz ich dzieci, pana i pannę Alleyne. Marianne, lady Creighton — zwróciła się z powrotem do Alleyne'ów, którzy ukłonili się i dygnęli.

— Z przyjemnością poznam każdego przyjaciela Ellen — powiedziała Marianne z ciepłym uśmiechem, podając rękę lady Alleyne, która wyglądała na nieco onieśmieloną, gdy lekko dotknęła palców Marianne. — Niezmiernie mi miło państwa poznać.

— Och, to dla nas największy zaszczyt poznać waszą wysokość, lady Creighton! — rozpływała się lady Alleyne, jej oczy chłonęły każdy szczegół wyglądu Marianne. — Leonoro, dygnijże, dziewczyno. I Joseph! — Spojrzała na syna, który wpatrywał się w Marianne, jakby nagle ujrzał Raj. — Och... zdaje się, że zapomniałam czegoś z powozu. Joseph! — Udało jej się zwrócić jego uwagę, posłała go z powrotem po chusteczkę, mimo że Marianne wyraźnie widziała jedną wystającą z jej rękawa, i kontynuowała rozmowę bez zająknięcia, komentując wszystko, od stanu dróg po uroki rustykalnej gospody, w której spędzili poprzednią noc.

Po dokonaniu prezentacji i gdy lady Alleyne w końcu wyczerpała temat swoich komentarzy, Ellen wprowadziła Alleyne'ów do środka i poleciła czekającym pokojówkom, aby odprowadziły nowo przybyłych gości do przydzielonych im apartamentów.

— Będzie nam niezmiernie miło, jeśli zechcą państwo dołączyć do nas na lekki lunch o pierwszej? — zaprosiła Ellen, a lady Alleyne przyjęła zaproszenie w imieniu rodziny, oświadczając, że obmyją się i zaraz zejdą na dół.

— Wydają się mili — zauważyła Marianne, gdy razem z Ellen wracały do salonu.

— Bo są. Poprosiłam o przedstawienie mnie Leonorze, gdy usłyszałam jej śpiew, i byłam nią zachwycona. Wygląda jak szara myszka, ale jest bardzo dowcipna i bystra. Sir Tobias wynalazł podczas wojny nowy rodzaj amunicji, za co otrzymał tytuł szlachecki, i wymyślił mnóstwo innych sprytnych rzeczy. Zawsze jestem absolutnie zafascynowana jego rozmową, kiedy uda się go do niej nakłonić.

Co może być nieco trudne w obecności lady Alleyne, domyśliła się Marianne. Kobieta wydawała się raczej gadatliwa, choć całkiem miła.

Właśnie sięgały po książki, gdy odgłos kół kolejnego powozu sprawił, że Ellen ponownie wstała.

— Nie musisz schodzić, jeśli nie chcesz — powiedziała. — Nie będę cię ciągać po schodach w górę i w dół przez cały dzień za każdym razem, gdy przybywa kolejny gość!

— Będę ci towarzyszyć, dopóki Thomas nie wróci z wizyty u dzierżawcy — poszła na kompromis Marianne. — Potem on może wspinać się z tobą po tych wszystkich schodach!

Ellen roześmiała się. — Zawsze cieszę się z twojego towarzystwa — rzekła ciepło i ruszyły w drogę.

Zmiana dźwięku zaniepokoiła Alexa i podniósł wzrok znad książki. Koła powozu chrzęściły teraz na żwirze, a nie na ubitej ziemi drogi. Konie zwolniły, co powiedziało mu, że prawdopodobnie dojeżdżają do Havers Hall.

Odłożywszy książkę na siedzenie, wyjrzał przez okno, podziwiając piękne modrzewie ciągnące się wzdłuż szerokiej alei prowadzącej do pięknego domu zbudowanego ze złotego kamienia z Cotswold. Nawet w ponury, szary grudniowy dzień dom wyglądał ciepło i gościnnie.

— Ładny widok — mruknął do siebie Alex, wybudzając swojego kamerdynera z drzemki.

— Słucham, milordzie?

— Zdaje się, że przybyliśmy, Simons.

— Tak szybko? Przecież dopiero co wyjechaliśmy z Worcester!

Alex ukrył uśmiech. Simons dobiegał siedemdziesiątki i zdecydowanie zbliżał się do emerytury. Był też fanatycznie lojalny wobec Alexa i niezwykle chronił prywatności swojego pana, dlatego Alex nigdy nie marzyłby o tym, by gdziekolwiek pojechać bez niego.

— Zbliża się południe, Simons — powiedział Alex, gdy odzyskał panowanie nad sobą. — Choć i tak dotarliśmy szybko. Drogi w tej części kraju są z pewnością lepiej utrzymane niż te na dalekiej północy.

— Owszem. — Simons wyjrzał przez drugie okno. — Bardzo ładne tereny — zaaprobował. — Naliczę nie mniej niż czterech ogrodników zajmujących się tamtymi krzewami - i to w środku zimy! Miejmy nadzieję, że dom jest równie zadbany.

— I stajnie. — Alex odwrócił głowę, by sprawdzić, co z jego koniem, idącym za powozem. Jego wodze trzymał jeden z jego stajennych, jadący na drugim koniu. — Inaczej Julius prawdopodobnie rozpęta piekło.

— Nie wiem, po co trzymasz to zwierzę — mruknął Simons. — Kłopotliwa bestia.

— Zbyt wiele razy ratował mi życie na kontynencie. Nie porzucę go teraz.

Simons chrząknął, gdy powóz w końcu się zatrzymał. Dwóch lokajów natychmiast podeszło do drzwiczek i je otworzyło, podstawiając stopień, by mogli wysiąść. — Przynajmniej uważni — mruknął Simons ze swojego kąta. — Proszę iść przodem, milordzie. Ja zajmę się pańskimi rzeczami.

— Tylko sam niczego nie dźwigaj — powiedział Alex, w odpowiedzi otrzymując spojrzenie spode łba. Odwracając się, by ukryć kolejny uśmiech, wysiadł z powozu z podziękowaniem skinieniem głowy dla lokajów i zaczął wchodzić po schodach do rezydencji. Trzy stopnie wyżej podniósł wzrok na dwie kobiety stojące w drzwiach i natychmiast potknął się o następny stopień.

Jego jedynym pocieszeniem, gdy tłumił okrzyk bólu, było to, że Marianne wyglądała na znacznie bardziej zszokowaną jego widokiem, niż on był zaskoczony, widząc ją stojącą pod ramię z Ellen Havers. W końcu on wiedział, że tu będzie, a z jej wyrazu twarzy wynikało, że nie skojarzyła markiza Glenkellie z Alexandrem Rotherhithe. Kiedy ją znał, był tylko dalekim krewnym, po którym nikt nie spodziewał się, że odziedziczy tytuł.

— Milordzie. — Hrabina Havers dygnęła z gracją, gdy dotarł na szczyt schodów, a Marianne siłą rzeczy poszła w jej ślady, choć zbladła jak płótno.

— Lady Havers. — Alex w odpowiedzi skłonił się głęboko. — Lady Creighton.

— Och, więc pan zna Marianne? Jaka ja niemądra; oczywiście, że pan zna! Z powodu pańskiej nieobecności w Londynie w tym roku zapomniałam, że mieszkał pan tam przez kilka lat i zna pan wszystkich. — Ellen odwróciła się do Marianne z przyjacielskim uśmiechem, kładąc dłoń na jej ramieniu.

— Minęło wiele lat, odkąd Lady Creighton i ja ostatnio się spotkaliśmy — powiedział Alex po długiej minucie niezręcznej ciszy. — W istocie, była wtedy zaledwie panną Abingdon, córką wicehrabiego, a ja... nikim znaczącym.

Nie sądził, że Marianne mogłaby jeszcze bardziej zblednąć, ale jej skóra przybrała odcień popiołu i lekko się zachwiała. Uprzejma, troskliwa Ellen oczywiście natychmiast to zauważyła i popędziła przyjaciółkę do środka, z powrotem do ciepła.

Alex został oddany pod opiekę bardzo poprawnego kamerdynera, który natychmiast odprowadził go do pięknego apartamentu dla gości na drugim piętrze, z rozległymi widokami na dolinę na zachód od domu, wijącą się na jej dnie rzekę i gęste lasy na wzgórzu za nią.

Było całkiem uroczo i wciąż stał przy oknie, podziwiając widok, gdy przybył Simons z czterema krzepkimi lokajami niosącymi kufry Alexa. Simons wyglądał, jakby był w swoim żywiole, gdy kierował mężczyznami, a chwilę później rozszerzył swoje rządy na dwóch kolejnych, którzy przybyli z dzbanami gorącej wody dla Alexa, by mógł się obmyć.

— Lunch zostanie podany w południe, milordzie — poinformował jeden z lokajów — i oczekuje się, że lord Havers wróci na czas.

— Owszem — mruknął Alex — zdaje się, że właśnie go widzę. — W malowniczym widoku za oknem pojawił się koń, galopujący wzdłuż rzeki do miejsca przeprawy. Jeździec był wciąż nieco za daleko, by rozpoznać jego tożsamość, ale jego surdut i kapelusz wyraźnie należały do dżentelmena. Koń i jeździec, oddaleni o jakieś pół mili, dotrą do domu w okamgnieniu, dlatego też Alex nie powinien tracić czasu na przebranie się i zmycie kurzu podróży.

Zastanawiał się, czy Marianne będzie obecna na lunchu, czy też wykręci się po tym, jak najwyraźniej zaskoczyło ją jego przybycie. Być może powoła się na chorobę.

Zacisnął szczękę, odwracając się od widoku za oknem. Nie mogła go unikać w nieskończoność, nie na spotkaniu towarzyskim, które miało potrwać całe dwa tygodnie.

Wcześniej czy później odbędą rozmowę, która była odkładana przez zbyt wiele lat – a on otrzyma odpowiedź na pytanie, dlaczego skłamała mu w żywe oczy i złamała jego młodzieńcze serce.

ROZDZIAŁ SIÓDMY

Powołując się na nagły, silny ból głowy, Marianne natychmiast wycofała się do swoich komnat, wdzięczna za życzliwość Ellen. Była niemal pewna, że Ellen podejrzewała, iż jej niedyspozycja, która zbiegła się w czasie z przybyciem markiza Glenkellie, nie była przypadkiem, ale Marianne w żaden sposób nie była gotowa wyjaśnić swojej dawnej znajomości z Alexandrem Rotherhithe.

Położywszy się, pozwoliła Jean umieścić wilgotną szmatkę na swoim czole, a następnie błagała, by zostawiono ją samą. Musiała pomyśleć.

Jean wycofała się tylko do garderoby, zostawiając drzwi uchylone, by usłyszeć, gdyby Marianne ją zawołała, ale to wystarczyło. W ciszy i błogiej samotności Marianne próbowała wymyślić sposób, dzięki któremu mogłaby jakoś uniknąć przebywania w jednym pokoju z Alexandrem Rotherhithe przez następne dwa tygodnie.

Gdy próbowała znaleźć wyjście ze swojego dylematu, ból głowy naprawdę zaczął jej doskwierać. Gdyby tylko wciąż miała dostęp do fortuny Creightona! Ale nawet gdyby napisała list do Arthura, wątpiła, czy by po nią posłał. I pod żadnym pozorem nie mogła prosić Ellen i Thomasa, żeby odwieźli ją z powrotem do Cumbrii.

Miała przyjaciół, którzy by ją przyjęli – a przynajmniej miała taką nadzieję – ale dotarcie do nich bez funduszy było zupełnie inną sprawą. Ucieczka nie wchodziła w grę, nawet gdyby pozwoliła na to jej duma. Poza tym Ellen byłaby przekonana, że stało jej się coś strasznego, a w ten sposób Marianne nie mogła odwdzięczyć się za dobroć przyjaciółki.

Musiała jakoś stawić czoła Alexandrowi i znieść jego pogardę. Widziała w jego oczach odrazę, gdy na nią patrzył. Z tego, co wiedział, zerwała ich potajemne zaręczyny zaledwie trzy tygodnie po tym, jak odpłynął do Hiszpanii, by poślubić innego mężczyznę: znacznie starszego, znacznie bogatszego i utytułowanego.

Okrucieństwem losu było to, że teraz Alexander był bogatszy i miał wyższy tytuł, niż kiedykolwiek posiadał jej mąż. Gdyby tylko jej ojciec o tym wiedział! Być może pozwoliłby jej „zmarnować się dla zwykłego pana" mimo wszystko.

Jeśli ostatnie osiem lat czegoś ją nauczyło, to tego, że nie ma sensu płakać nad rozlanym mlekiem. Leżąc cicho i nieruchomo, Marianne pogodziła się z koniecznością stanięcia twarzą w twarz z Alexandrem i bycia dla niego uprzejmą. Nie była już naiwną dziewczyną, na której mu zależało; była dorosłą kobietą, zamężną i owdowiałą. Nie da się zastraszyć pogardliwym spojrzeniom, nawet jeśli Alexander Rotherhithe wyrósł na naprawdę imponującego mężczyznę.

Wysoki i smukły jako młodzieniec, dzięki dojrzałości i latom spędzonym w wojsku nabrał mięśni i barów w tej długiej postaci. A blizna na jego policzku, w jej mniemaniu, tylko dodawała mu mrocznego, diabelsko przystojnego wyglądu.

Nieświadomie Marianne podniosła dłoń do własnego policzka, zastanawiając się, w jaki dokładnie sposób Alex nabawił się tej blizny. Choć teraz zbladła do różu, musiała być okropną raną, gdy ją odniósł, rozcinając mu policzek aż do kości i ledwo omijając oko. Raczej nie mogła go o to zapytać, zwłaszcza że planowała unikać jego towarzystwa tak bardzo, jak to tylko możliwe!

Odgłos kół powozu na zewnątrz ponownie wywołał uśmiech na jej twarzy. Przy ponad dwudziestu gościach zatrzymujących się w posiadłości i kolejnych przybywających codziennie z okolicy na rozmaite zajęcia i kolacje, z pewnością wokół będzie wystarczająco dużo ludzi, by nigdy nie musiała znaleźć się sam na sam z Alexandrem. Mogła ukryć się za tarczą uprzejmości i towarzyskości, podobnie jak ukrywała swoje uczucia za dopracowaną fasadą towarzyską, gdy Creighton obnosił się z nią po Londynie jako ze zdobytą żoną.

Da radę.

W końcu, jaki miała wybór?

Hrabia Havers uśmiechnął się szeroko, gdy Alex wszedł do salonu. — Glenkellie. Cieszę się, że zdecydowałeś się przyjechać.

— Ja też — odparł szczerze Alex, ściskając wyciągniętą dłoń Thomasa. — Havers Hall jest przepiękne, gratuluję ci domu. Mój lokaj jest w siódmym niebie, mając do dyspozycji takie udogodnienia.

— Za większość udogodnień w posiadłości możesz podziękować mojemu poprzednikowi — przyznał Thomas. — Lubił luksusy.

— Ale to nie twój poprzednik zatrudnia istną armię służby, prawda? — Alex uniósł brwi. Jako właściciel wielkiej posiadłości wiedział, że w Havers Hall zdecydowanie pracowało zbyt wielu ludzi.

— Właściwie chciałem z tobą o tym porozmawiać. Myślę o założeniu prawdziwej akademii szkoleniowej, w której kadrę stanowiliby doświadczeni mentorzy, którzy są już trochę za starzy na ciężką pracę, ale mają ogromną wiedzę do przekazania.

— Dla służby domowej?

— Dla wszelkiego rodzaju wykwalifikowanych rzemieślników. Obecny system jednego czeladnika na rzemieślnika

– i to jeśli w ogóle zechce go przyjąć – nie zwiększa podaży wykwalifikowanych pracowników, prawda?

— Chyba nie — przyznał Alex. — A gdzie tu moje miejsce?

— Szukam oczywiście inwestorów. — Thomas uśmiechnął się promiennie.

— Naturalnie. No cóż, jeśli masz jakąś propozycję, chętnie się jej przyjrzę. — Alex nie widział problemu w prowadzeniu interesów z Thomasem; niewielu było ludzi, o których mógłby to powiedzieć, ale amerykański hrabia udowodnił, że jest zarówno bystry finansowo, jak i współczujący wobec tych mniej od niego znacznych.

— Tylko nie zaczynajcie teraz rozmawiać o interesach, Thomasie. — Ellen podeszła do nich, kładąc dłoń na ramieniu męża.

On położył swoją dłoń na jej palcach i posłał jej przepraszający uśmiech. — Wybacz, kochanie.

— Musi mi pan pozwolić przedstawić lorda Glenkellie naszym pozostałym gościom — upomniała go łagodnie. — Czy może zna już pan rodzinę Alleyne, mój lordzie?

— Nie znam, ale zaszczytem będzie dla mnie poznać przyjaciół pani, Lady Havers — odparł Alex z galanterią. — Oczywiście znam już lady Creighton. A propos, gdzie ona jest?

Spojrzenie Ellen było ostre. — Odpoczywa — powiedziała nieco szorstko. — Źle się poczuła. Jeśli poczuje się na siłach, być może dołączy do nas na kolacji.

— Nie wiedziałem, że znasz lady Creighton, Glenkellie — powiedział Thomas ze zdziwioną miną.

— To było dawno temu — odparł wymijająco Alex. — Śmiem twierdzić, że w ogóle nie znam osoby, którą jest teraz.

Czy kiedykolwiek ją znał? Musiał się nad tym zastanowić, nawet gdy część jego umysłu pozostawała skupiona na zachowaniu uprzejmości, podczas gdy Ellen przedstawiała go rodzinie Alleyne. Panna Alleyne wyglądała na zupełnie onieśmieloną i nie odezwała się ani słowem, co przynajmniej oznaczało, że raczej nie będzie go nachodzić, choć jej matka wręcz mu się podlizywała. Był do tego przyzwyczajony i ignorował to, myśląc o Marianne, o wyrazie jej twarzy, gdy go rozpoznała. Zmienił się od czasów, gdy był młodym chłopcem, którego znała z dziecięcych zabaw, zanim wysłano go do szkoły, a nawet od smarkacza, którego zwodziła tamtego fatalnego lata. Teraz był dorosły, zahartowany przez wojnę i życie.

Oczywiście, ona też się zmieniła. Była uroczym dzieckiem, ale w wieku osiemnastu lat stała się najpiękniejszą dziewczyną, jaką kiedykolwiek widział – świeżą i piękną jak wschód słońca. Wszystkie głowy odwracały się, gdy Marianne Abingdon wchodziła do pokoju; każdy mężczyzna w Londynie dyszał na jej widok.

Alex, skromny porucznik bez żadnych tytułów przed nazwiskiem, nigdy nie zbliżył się na tyle, by zamienić słowo z doskonałą panną Abingdon, pomimo ich wcześniejszej znajomości. Aż do nocy, gdy wyszedł z zatłoczonej sali balowej, z głową wirującą od gorąca i jednego kieliszka szampana za dużo, i przechadzał się w ciemności po ogrodzie, szukając miejsca na odpoczynek. Na kamiennej ławce pod płaczącą wierzbą siedziała Marianne Abingdon, z dłońmi opartymi za sobą, odchylona do tyłu, by wpatrywać się w niebo.

Alex zamarł w szoku kilka kroków dalej, zastanawiając się, czy powinien się wycofać. Czy na kogoś czekała?

— Nie widzę gwiazd — powiedziała po kilku chwilach, sprawiając, że podskoczył.

— To przez dym z fabryk — odparł w końcu Alex, gdy nic więcej nie mówiła, a ona odwróciła głowę, by na niego spojrzeć. Zdawszy sobie sprawę, że stoi w cieniu pod drzewami, ruszył naprzód, w jasną ścieżkę światła księżyca, która kończyła się tuż przed jej ławką. — Przepraszam. Nie chciałem zakłócać pańskiej prywatności.

— Nic nie szkodzi. I tak miałam już wracać. — Przesunąwszy stopy na ziemię, wstała z gracją, a kołysanie jej smukłego ciała sprawiło, że zaschło mu w ustach. Panna Abingdon nigdy nie nosiła wymyślnych falbanek, koronek, ani nawet wyrazistych wzorów; preferowała proste białe suknie, które spektakularnie kontrastowały z jej kasztanowymi włosami i niewiele robiły, by ukryć jej gibką figurę.

— Czy my się znamy? — zapytała go całkiem bezpośrednio.

Ukłonił się, z trudem znajdując słowa w obliczu jej
niewiarygodnej urody. — Nie od wielu lat, panno Abingdon. Była pani dzieckiem, kiedy ostatni raz panią widziałem, i śmiem twierdzić, że pani mnie nie pamięta. Alexander Rotherhithe, do usług.

Przechyliła głowę, przyglądając się jego mundurowi, a jeden długi lok opadł na jej szyję. — *Porucznik* Rotherhithe?

— Tak, moja pani.

— I wrócił pan niedawno z kontynentu, czy dopiero ma
pan zostać tam wysłany?

— Dopiero mam zostać wysłany, moja pani —
odpowiedział, zaskoczony pytaniem. Wydawała się in-
teligentna i poinformowana, w przeciwieństwie do innych
debiutantek – i starszych pań – które spotkał w Londynie.
— Mój regiment nie ma jeszcze rozkazów.

— I czy nie może się pan doczekać walki, panie Rotherhithe? — Zaczęła iść z powrotem w stronę domu, a on, nie
myśląc, zrównał z nią kroku.

— Nie.

— Nie? — Rzuciła na niego ukradkowe spojrzenie. —
Żadnych marzeń o chwale na polu bitwy, o wygraniu wojny dla Anglii?

— Kilku moich przyjaciół zginęło już na polach bitew
daleko od brzegów Anglii — odpowiedział jej szczerze.

— Będę uważał się za szczęściarza, jeśli dożyję ponownego zobaczenia mojego domu.

— *Nareszcie* — westchnęła, zatrzymując się i odwracając, by spojrzeć mu prosto w twarz. — Młody człowiek, który ma coś więcej niż trociny między uszami!

Alex nie mógł się powstrzymać; uśmiechnął się szeroko. — Przepraszam, moja pani, ale właśnie pomyślałem sobie o pani coś bardzo podobnego.

Jej śmiech był cichy i melodyjny. — Wybaczam panu, poruczniku... jeśli zatańczy pan ze mną, gdy wrócimy do sali balowej. Jestem serdecznie zmęczona słuchaniem niekończących się pochwał i peanów na cześć mojej urody. Odrobina rozsądnej rozmowy byłaby bardzo mile widziana.

Nie mógł sobie życzyć niczego więcej. Z galanterią nalegał, by pierwsza weszła do domu i udała się do saloniku dla dam, by ją tam widziano, zanim wróci do sali balowej, podczas gdy on wszedł innymi drzwiami. Pół godziny, które minęły, zanim znów stanął z nią twarzą w twarz, biorąc jej dłoń, by poprowadzić ją do tańca, wydawało się najdłuższe w jego życiu. Jakoś wmówił sobie, że w ogrodzie po prostu się nim bawiła i wcale nie była nim zainteresowana.

Więc kiedy Marianne uśmiechnęła się do niego i powiedziała poufnym tonem: — Jakże to ostatnie pół godziny się ciągnęło! — poczuł ogromną ulgę.

— Zawsze tak jest, jak zauważyłem, gdy jest coś, na co człowiek desperacko czeka. I odwrotnie, jestem pewien, że następne dziesięć minut minie w mgnieniu oka.

Zrobiła małą minkę, zmarszczyła nos i kiwnęła głową na zgodę. — Bez wątpienia jakiś wydział matematyków w Cambridge bada właśnie to zjawisko. A może filozofów?

— Możliwe, że i jednych, i drugich, skoro to Cambridge — powiedział Alex sucho. — Chociaż z mojego doświadczenia wynika, że więcej się tam pije i towarzyszy, niż faktycznie studiuje.

— Co za marnotrawstwo. Szkoda, że kobietom nie wolno studiować na uniwersytecie. — Marianne spojrzała na niego niemal wyzywająco; miał wyraźne wrażenie, że go testuje, obserwując, jaka będzie jego reakcja na tak prowokacyjną sugestię.

— Nie mam wątpliwości, że pewnego dnia będą mogły — powiedział. — Choć dla dobra mojej własnej płci mam nadzieję, że będą miały albo własne uniwersytety, albo oddzielne zajęcia. Było wystarczająco dużo rozpraszaczy, przez które nierozsądni młodzieńcy tracili zdrowy rozsądek, bez obecności płci pięknej.

Marianne roześmiała się, a Alex pomyślał, że zdał jej test. — Zgadzam się — powiedziała. — Choć myślę, że nierozsądek nie byłby wyłącznie po stronie młodych mężczyzn. Młode damy są równie podatne na rozproszenie przez przystojną twarz wysokiego, młodego mężczyzny. Zwłaszcza w czerwonym mundurze.

Jej oczy zabłysły, gdy na niego spojrzała, a on roześmiał się, całkowicie nią oczarowany. — Czy mogę panią odwiedzić? — zapytał impulsywnie.

— Och, proszę — odpowiedziała z entuzjazmem, a jego serce było stracone.

ROZDZIAŁ ÓSMY

Marianne rozpaczliwie pragnęła zbroi w postaci pięknej sukni, by w niej stawić czoła Alexowi, lecz służba, którą Thomas wysłał do Cumbrii, nie wróciła jeszcze z jej garderobą. Musiała zadowolić się lawendową jedwabną suknią, którą nosiła każdego wieczoru od przybycia do Havers Hall. Przynajmniej Jean spisywała się znakomicie, utrzymując ją w nienagannej czystości i starannie wyprasowaną, gotową do założenia każdego wieczoru, ale Marianne zdecydowanie zaczynała już nie znosić tego koloru.

Jean, najwyraźniej wyczuwając, że jej pani czuje się skrępowana posiadaniem tylko jednej wieczorowej sukni, co wieczór wynajdywała nowe dodatki, by ją przyozdobić, korzystając z jakichś zapasów zgromadzonych gdzieś w rezydencji. Dziś wieczorem przyniosła szeroką szarfę ze złotego jedwabiu, kilka złotych wstążek do włosów Marianne i długi sznur kremowych pereł.

— To imitacja, jaśnie pani — powiedziała Jean, gdy tylko Marianne otworzyła usta, by zaprotestować, że nie może pożyczać od Ellen cennych pereł. — Proszę zobaczyć, nie mają nawet porządnego zapięcia.

— Gdzie je znalazłaś? — Marianne z zainteresowaniem przyjrzała się perłom. Nigdy wcześniej nie widziała sztucznej biżuterii.

— Lady Havers robi porządki na strychu — przyznała Jean. — W starych kufrach jest tam całe mnóstwo przeróżnych rzeczy: suknie, które muszą mieć ze sto lat, fragmenty zardzewiałej zbroi, dziecięce próbki hafciarskie i połamane stare zabawki. Chyba niczego nie wyrzucono z tej rezydencji od czasu jej wybudowania.

— Całkiem możliwe — zgodziła się Marianne, siadając, by pozwolić Jean upiąć sobie włosy. — Ale czy lady Havers zamierza to wszystko wyrzucić?

— Och nie, ona raczej nie wierzy w wyrzucanie czegokolwiek. Niemal wszystkiemu znajduje jakieś zastosowanie. Spytałam, czy mogłabym wziąć kilka drobiazgów, żeby trochę ożywić pani suknie, a ona odparła, że mogę brać, co tylko zechcę. — Jean uśmiechnęła się z dumą. — Te złote wstążki będą doskonale wyglądać w pani włosach, jaśnie pani, a szarfa wspaniale ożywia suknię.

— Rzeczywiście — odparła ciepło Marianne. — Dziękuję ci, Jean. Jesteś bardzo troskliwa.

— Och, wykonuję tylko swoją pracę, jaśnie pani — zaprzeczyła pokojówka, ale jej twarz rozjaśnił promienny uśmiech, a Marianne w tej właśnie chwili postanowiła, że gdy tylko jej garderoba dotrze, podaruje Jean przynajmniej jedną czy dwie suknie. Nie miała zbyt wiele pieniędzy ani świecidełek, ale pokojówka będzie mogła sprzedać suknie lub rozpruć je na części, jak tylko zechce. Była to niewielka zapłata za pewność siebie, jaką dodawały jej starania pokojówki — wystarczająca, by dotrzeć aż do podnóża wielkich schodów, gdzie Allsopp skłonił się jej regulaminowo, zanim otworzył drzwi do Salonu Orientalnego.

Choć Marianne widziała już to pomieszczenie, nie korzystali z niego wcześniej. Domyślała się, że Ellen i Thomas postanowili przenieść się tutaj z powodu większej liczby gości. Wchodząc do środka, zobaczyła, że przybyli nowi goście, i tym razem znała nowo przybyłych.

— Lady Creighton! — Pani Pembroke niemal przewróciła się, spiesząc do boku Marianne z szerokim uśmiechem. — Jakże się cieszę, że znów panią widzę!

— Amelia! — Marianne ze swej strony również była szczerze zachwycona. Amelia Temple debiutowała w tym samym czasie co Marianne i jako znamienita dziedziczka była celem łowców posagów. Ponieważ Marianne była celem rozpustników, obie niejednokrotnie odkrywały, że chowają się razem w tym samym saloniku dla dam.

Amelia miała jednak szczęście wyjść za mąż z miłości. Choć jej rodzice pragnęli, by zdobyła tytuł, ona poślubiła zaledwie „pana": wiejskiego dziedzica z niewielką, lecz uroczą posiadłością w Hampshire, którego pasją były konie. Pasją, którą Amelia podzielała.

Pan Pembroke stał teraz za Amelią, uśmiechając się szeroko. Marianne poczuła, jak nieoczekiwane łzy napływają jej do oczu. Creighton nie pochwalał jej przyjaźni z państwem Pembroke i zabronił jej wszelkich kontaktów poza najkrótszymi, uprzejmymi interakcjami na wydarzeniach towarzyskich, w których wszyscy uczestniczyli. Możliwość wyrażenia radości ze spotkania z Amelią bez obawy o naganę była prawdziwą przyjemnością.

— Wspaniale cię widzieć. — Pod wpływem impulsu Marianne objęła przyjaciółkę. — Całe wieki cię nie widziałam. Skąd znasz państwa Havers?

— Hrabia kupił od nas kilka koni. Prześliczną klacz dla lady Havers i najwyższej klasy ogiera, aby poprawić linię krwi koni pociągowych swoich dzierżawców. Kiedy powiedział panu Pembroke, że nie zamierza pobierać od dzierżawców opłat za krycie przez tego ogiera, wiedzieliśmy, że to ktoś, kogo bardzo chcielibyśmy poznać bliżej. — Amelia uśmiechnęła się promiennie. — A lady Havers jest po prostu *zachwycająca*.

— Z pewnością jest — zgodził się Thomas, dołączając do nich, czym rozśmieszył Amelię. — Cieszę się, że już się znacie; oszczędza mi to prawdopodobnego zażenowania, że pomylę coś przy przedstawianiu.

Pembroke i Marianne przyłączyli się do śmiechu i zapanowała ogólna atmosfera wesołości, gdy rozpoczęli miłą rozmowę. Państwo Alleyne weszli do pokoju kilka minut później i zostali przekonani, by do nich dołączyć, a następnie weszła sama Ellen w towarzystwie młodego mężczyzny i kobiety, których Marianne nie znała. Ellen przedstawiła ich jako wicehrabiego Thorpingtona i jego siostrę, lady Serenę Thorpe.

Wicehrabia był mężczyzną o pospolitej twarzy, mającym około trzydziestu lat, z jąkaniem, które ukrywał, mówiąc jak najmniej. Lady Serena, na oko Marianne, liczyła sobie około dwudziestu dwóch lat i była raczej postawna niż konwencjonalnie ładna, wysoka i krzepka, z gęstą grzywą czarnych włosów ledwo powstrzymywanych przez szpilki. Z niemodną opalenizną wyglądała na typ sportsmenki, która nie miałaby cierpliwości do ospałego tempa życia wyższych sfer.

Marianne od razu polubiła lady Serenę, ale rozumiała, dlaczego nie odniosła sukcesu w Londynie. Matrony z towarzystwa z pewnością by jej nie zaakceptowały, a problemy z mową jej brata utrudniałyby mu nawiązywanie przyjaźni.

— Markiz Glenkellie — oznajmił od drzwi Allsopp i w pokoju zapadła cisza. Panna Leonora Alleyne pisnęła cicho, zasłaniając usta dłonią i szeroko otwierając oczy.

Dopóki jej brat nie trącił jej z niezadowoleniem. — Cicho bądź, gąsko.

— Ale *markiz*! — odszepnęła Leonora.

Marianne posłała jej pobłażliwy uśmiech. — Zdradzę ci sekret na temat markizów i książąt — wyszeptała do młodszej dziewczyny. — Muszą korzystać z nocnika tak samo jak my wszyscy!

Leonora natychmiast dostała ataku chichotu, a lady Serena Thorpe, która stała na tyle blisko, by to usłyszeć, parsknęła całkiem po końsku, po czym zakryła twarz chusteczką. Jej niebieskie oczy błysnęły, gdy zerknęła w bok na Marianne, a ta obdarzyła ją konspiracyjnym uśmiechem, w duchu wdzięczna za tę dywersję, która sprawiła, że nie musiała patrzeć na Alexandra.

Oczywiście jej wytchnienie było krótkotrwałe, gdyż Ellen oprowadzała Alexandra po pokoju, by go przedstawić. Leonora przysunęła się bliżej Marianne, wyraźnie uspokojona jej pozorną nonszalancją, a Marianne nie mogła przecież uciec i zostawić debiutantki samej.

— Oczywiście jest pan zaznajomiony z lady Creighton — powiedziała Ellen. Alexander skinął głową, a jego oczy, gdy napotkały wzrok Marianne, były zimne. Instynktownie spuściła wzrok na podłogę, jednocześnie w duchu karcąc się za tchórzostwo.

Marianne nie potrafiła nawet spojrzeć mu w oczy, z uwagą studiując wzór wpleciony w turecki dywan pod ich stopami. Zaciskając zęby i nakazując sobie cierpliwość, Alex zmusił się do uśmiechu, gdy lady Havers przedstawiła mu rumieniącą się debiutantkę.

— Panna Alleyne. — Kłaniając się regulaminowo nad dłonią dziewczyny, Alex pogodził się na razie z koniecznością przestrzegania towarzyskich konwenansów. Znał tylko jednego z pozostałych gości – wicehrabiego Thorpingtona – i przez wzgląd na Thomasa i Ellen musiał przynajmniej spróbować być miły. Za nic w świecie nie chciał zepsuć ich pierwszego przyjęcia domowego, bez względu na to, jak bardzo pragnął wytrząsnąć prawdę z Marianne.

Obserwował ją kątem oka przez cały wieczór. Jako dama o najwyższej randze wśród obecnych, poszła na kolację pod ramię z Thomasem i została posadzona po jego prawej stronie, na drugim końcu stołu od miejsca, gdzie Alex, jako *dżentelmen* o najwyższej randze, siedział po prawej stronie Ellen.

Młody pan Alleyne siedział po drugiej stronie Marianne i patrzył na nią z podziwem i szeroko otwartymi oczami – rodzajem uwielbienia, które, jak Alex ponuro pomyślał, mogło łatwo przerodzić się w młodzieńcze zadurzenie. Postanowił zdusić to w zarodku, gdyby Marianne wpadło do głowy, by dla zabawy złamać serce kolejnemu młodzieńcowi. Przynajmniej Thomas Havers był zakochany we własnej żonie i mało prawdopodobne, by uległ urokowi Marianne, choćby się śmiała i uśmiechała.

Alex z niechęcią musiał przyznać, że Marianne jest teraz jeszcze piękniejsza, niż była w wieku osiemnastu lat; dojrzałość jedynie wysubtelniła jej urodę. Gdyby już nie wiedział, jak potrafi być bez serca, prawdopodobnie sam by się za nią czołgał. W obecnej sytuacji trudno mu było oderwać od niej wzrok. Ubrana w stonowaną lawendową suknię ozdobioną złotą wstążką, z kasztanowymi włosami lśniącymi jak ogień, miała idealne rysy podkreślone światłem świec. Raz po raz do jego uszu docierał jej cichy, melodyjny śmiech i dopiero gdy Ellen Havers lekko dotknęła jego dłoni, podskoczył i zdał sobie sprawę, że wpatruje się w nią z całkowitym pochłonięciem.

— Przepraszam, lordzie Glenkellie. Zastanawiałam się, czy zupa panu nie smakuje? — Jej czoło było zmarszczone.

Spoglądając w dół, Alexander zobaczył, że podniósł łyżkę do zupy, po czym nawet nie skosztował dania, które stało przed nim. — Wybaczy pani, milady — powiedział ze skruchą. — Byłem rozkojarzony.

— Jak widzę — mruknęła Ellen, a jej oczy mignęły, gdy spojrzała na drugi koniec stołu. — Mam nadzieję, że pan jej spróbuje, ale jeśli jest coś, co szczególnie chciałby pan zjeść, proszę, niech nam pan da znać.

Zawstydzony swymi kiepskimi manierami, Alexander skosztował zupy i uznał ją za wyśmienitą, postanawiając zwracać większą uwagę zarówno na kolację, jak i na swoich towarzyszy. Ellen prowadziła całą rozmowę z cichym Thorpingtonem po swojej drugiej stronie, a on powinien także porozmawiać z panią Pembroke siedzącą po jego drugiej ręce. Odwracając się teraz do tej damy, posłał jej uśmiech, by spotkać się z jej niewygodnie oceniającym spojrzeniem.

— Śmiem twierdzić, że pan mnie nie pamięta, milordzie — odezwała się niemal natychmiast pani Pembroke — ale spotkaliśmy się już wcześniej, choć było to wiele lat temu. Zdaje się, że tuż przed pańskim wyjazdem na kontynent z armią.

— Doprawdy? — odparł Alex z rezerwą. Pani Pembroke wyglądała na niemal rówieśniczkę Marianne, ale nie posiadała nic z jej hipnotyzującej urody. Przeciwnie, była wręcz pospolita, z brązowymi włosami, brązowymi oczami, lekko zadartym nosem i okrągłą twarzą. Jednakże jej minie charakteru dodawał zawadiacki uśmiech.

— Owszem, chociaż byłam wtedy panną Temple, a pan zaledwie porucznikiem Rotherhithe. Myślę, że przedstawiono nas sobie na przyjęciu w ogrodzie u lady Smithfield.

Nadal nie przypominał sobie tego spotkania, chociaż z okropną wyrazistością pamiętał, jak wymknął się z tamtego przyjęcia na potajemne spotkanie z Marianne na leśnej polanie. Spotkanie, podczas którego pocałował ją po raz pierwszy i przysiągł jej wieczną miłość.

— Ach — rzekł Alex, czując, jak pod kołnierzykiem zbiera mu się pot.

— Tak, wydaje mi się, że lady Creighton, wówczas oczywiście panna Abingdon, nas sobie przedstawiła. — Pani Pembroke obserwowała go niczym jastrząb.

Ona wie, pomyślał Alex, a jego złość znów wezbrała. Były wtedy z Marianne przyjaciółkami, pewnie śmiały się z jego zauroczenia. Czy to ona namówiła Marianne, by zgodziła się na potajemne zaręczyny, by zaledwie kilka tygodni później poślubić bogatego hrabiego Creighton?

— I czy pani i lady Creighton pozostałyście od tamtej pory blisko? — rzucił oschle, sięgając po wino i opróżniając kieliszek.

— Niestety nie. Jej mąż nie pozwalał jej mieć przyjaciółek.

Alex zamarł w trakcie odstawiania kieliszka. — Słucham? — powiedział zdezorientowany. — Nigdy nie poznałem zmarłego hrabiego, ale słyszałem opowieści o tym, jak rozpieszczał żonę, kupując jej więcej modnych sukien i kosztownych błyskotek, niż jakakolwiek kobieta mogłaby sobie życzyć.

— Gdyby jedynym pragnieniem kobiety były drogie świecidełka, Marianne rzeczywiście byłaby najszczęśliwszą kobietą w Anglii — odparła pani Pembroke, a on usłyszał w jej głosie sarkazm. — Jeśli jednak pragnęła uczucia, szacunku i pociechy płynącej z przyjaźni, była najprawdziwszą nędzarką.

Oto co się dostaje, gdy wychodzi się za mąż z pobudek materialnych, chciał odciąć się Alex, ale zmusił się, by ugryźć się w język. Pani Pembroke była stronniczką Marianne, co stanowiło użyteczną informację. Postara się, by ani ona, ani jej mąż nie byli w pobliżu, by interweniować, gdy będzie szukał prywatnej rozmowy.

— W takim razie śmiem twierdzić, że bycie bogatą wdową będzie jej znacznie bardziej odpowiadać — powiedział zgryźliwie i skinął na lokaja, by dolał mu wina.

ROZDZIAŁ DZIEWIĄTY

MARIANNE BYŁA DOTKLIWIE ŚWIADOMA, że Alexander ją obserwuje. Ręka trzęsła jej się, gdy próbowała jeść, a jej własny głos brzmiał w jej uszach piskliwie i nienaturalnie — śmiech zaś był wymuszony i sztuczny. Thomas spojrzał na nią pytająco raz czy dwa, wyraźnie wyczuwając jej niepokój, lecz ona zignorowała jego nieme pytanie, zamiast tego sięgając po wino i pijąc.

Pod koniec posiłku zdała sobie jednak sprawę, jaki to był błąd, ponieważ czujny lokaj bez przerwy napełniał jej kieliszek i była już nieźle wstawiona. Kiedy Ellen zaprosiła damy do salonu, stanowiło to więcej niż wystarczający powód, by się wykręcić i udać na spoczynek.

— Odzwyczaiłam się od wina — powiedziała zgodnie z prawdą — i znów rozbolała mnie od niego głowa. Proszę, wybaczcie mi, że tak wcześnie się usuwam. Obiecuję, że jutro będę bardziej towarzyska.

— Już ci wybaczono, chociaż będzie nam brakowało twojego towarzystwa. Śpij dobrze i wracaj do zdrowia, najdroższa. I proszę, nie wahaj się poprosić Jean lub inną służącą, by przyniosła ci wszystko, czego zapragniesz dla ulgi.

Marianne czuła się winna, oszukując Ellen, ale bez zwłoki pospieszyła na górę, cały czas zdenerwowana, że Alexander może postanowić opuścić pozostałych mężczyzn przy brandy oraz porto i zacząć jej szukać. Nie potrafiła sobie wyobrazić, co mógłby jej powiedzieć po tak długim czasie, ale wiedziała, że nie chce tego słyszeć, cokolwiek by to nie było. Samo patrzenie na jego twarz, która z biegiem lat tylko wypiękniała, było bolesne, zwłaszcza że musiała słuchać, jak lady Alleyne z zapałem wypytuje lorda Haversa o perspektywy matrymonialne Alexandra. Musiał się ożenić, i to wkrótce; markizaty wymagały dziedziców, a on niewątpliwie będzie wybierał spośród najświeższego narybku londyńskich debiutantek.

Może nawet miał już kogoś na oku. Panna Alleyne była uroczą istotą z pokaźnym posagiem; być może by mu odpowiadała. Albo lady Serena Thorpe; prezentowałaby się znakomicie u boku Alexandra, a do tego miała silny charakter i poczucie humoru.

Marianne nie zdawała sobie sprawy, że płacze, dopóki nie potknęła się, oślepiona łzami, i omal nie upadła. Podpierając się ręką o ścianę, potykała się dalej, aż wreszcie znalazła swój pokój, otwierając drzwi z szlochem frustracji, gdy gałka na chwilę się zacięła.

— Jaśnie pani! — Jean zerwała się z miejsca przy kominku, gdzie cerowała pończochę. Robótka upadła jej na podłogę, a na twarzy odmalowało się zaskoczenie. — Czy pani źle się czuje?

— Niedobrze mi — wykrztusiła Marianne, a Jean w samą porę zdołała podsunąć jej pod nos nocnik.

— To mnie nauczy, żeby nie pić za dużo wina — jęknęła Marianne kilka minut później, gdy Jean pomogła jej się położyć i umieściła chłodny, wilgotny kompres na jej czole. — Może mój mąż miał rację, upierając się, że wolno mi wypić tylko jeden kieliszek.

— Cóż, to może być mocny trunek, jeśli się nie jest do niego przyzwyczajonym — zgodziła się Jean. — Zwłaszcza jeśli nic się nie zjadło.

Winne milczenie Marianne sprawiło, że pokojówka westchnęła. Ale Marianne nie była w stanie przełknąć więcej niż kilku łyżek zupy, nie z gniewem w spojrzeniu Alexandra, który palił ją z drugiego końca stołu.

— Śmiem twierdzić, że nie popełni pani ponownie tego samego błędu, jaśnie pani — powiedziała Jean, zdejmując jej pantofle. — Przygotujmy panią do snu, a ja zaparzę ziołowy napar na pani głowę. Dobry sen i rano będzie pani jak nowo narodzona.

W duchu Marianne wątpiła, czy w ogóle zaśnie, ale herbata, do której wypicia namówiła ją Jean po tym, jak pomogła jej przebrać się w koszulę nocną, musiała zawierać jakieś kojące zioła. Jej powieki wkrótce stały się ciężkie i bez skargi opadła na poduszki, pozwalając oczom się zamknąć.

— Właśnie tak, jaśnie pani — cicho zachęciła Jean i Marianne usłyszała, jak ta krząta się po pokoju, porządkując rzeczy i wystawiając budzący odrazę nocnik, by ktoś go zabrał i umył. — Niech pani śpi. Rano poczuje się pani lepiej.

Gdy Alexander dołączył do dam i odkrył, że Marianne już się położyła, wpadł w taką furię, że sam wykręcił się zmęczeniem po podróży i udał się na spoczynek, ignorując niedowierzający wyraz twarzy Thomasa. Nie był w nastroju, by być dla kogokolwiek uprzejmy, a bez możliwości przyłapania Marianne tej nocy, równie dobrze mógł pójść spać, zamiast obrazić któregoś z gości Haversów swoim złym humorem.

Na szczycie schodów zatrzymał się, zastanawiając się przez chwilę, czy warto próbować zlokalizować pokój Marianne. Jego kamerdyner, Simons, prawdopodobnie już wiedział, gdzie każdego zakwaterowano, i miał też swoje zdanie na temat tego, czy lady Havers prawidłowo umieściła ich zgodnie z pierwszeństwem. Ale pytanie Simonsa, gdzie może znaleźć pokoje lady Creighton, a następnie pójście na poszukiwanie damy, wywołałoby skandal.

Alex ani trochę nie dbał o to, czy skandal dotknie jego, a Marianne nie zasługiwała na żadne względy, ale nie chciał, by pierwsze przyjęcie w domu Haversów zostało w ten sposób zepsute, jeśli mógł temu zapobiec. Nie, o wiele lepiej było czekać na odpowiedni moment i skonfrontować się z Marianne na osobności. W ten czy inny sposób, uda mu się to zrobić.

I chociaż tej nocy nie miał ochoty na towarzystwo, miał dobrą książkę do czytania, a Simons bez wątpienia zdołałby zdobyć dla niego trochę doskonałej brandy Haversa, by mógł ją popijać podczas lektury.

Być może Simons miał też jakieś interesujące plotki z dołu, którymi dałby się namówić do podzielenia. Marianne wydawała się dobrze zadomowiona w Havers Hall; wiedza o tym, jak długo tu przebywała i kto jej usługiwał, mogła być użyteczną informacją.

Kierując się do wygodnego pokoju, który przydzielono mu na drugim piętrze, Alex skinął głową Simonsowi, wchodząc. — Kładę się wcześnie, Simons; nie mam nastroju na towarzystwo.

— A kiedy pan go ma, panie lordzie? — odparł bystro Simons. — Pozwoliłem sobie zdobyć dla pana trochę brandy. — Wskazał na karafkę i szklankę stojące na kominku.

— W takim razie wybaczam ci złośliwą uwagę na temat mojej towarzyskiej nieudolności. — Alex rzucił się na fotel przy ogniu.

— To nie pańska wina, panie lordzie — powiedział uprzejmie Simons. — Armia nie zapewniła panu zbyt wielu okazji do cywilizowanych interakcji społecznych.

— Przypomnij mi, dlaczego cię trzymam? — zapytał sucho Alex. W odpowiedzi Simons włożył mu w dłoń szklankę brandy, wskazał na książkę przygotowaną dla niego na stoliku pod łokciem i dał znak, by podniósł stopę, aby Simons mógł zacząć zdejmować mu buty. — Ach, tak. Oczywiście. Bo nie mógłbym się bez ciebie obejść.

Simons uśmiechnął się lekko i skinął głową, zanim ściągnął pierwszy but. — Smakowała panu kolacja, panie lordzie? Muszę przyznać, że służba je tu dobrze. Rzadko jadałem tak obficie.

Zawstydzony, że nie pamięta ani jednego dania serwowanego tego wieczoru, Alex z wdzięcznością chwycił okazję. — A propos służby, Simons, kto obsługuje lady Creighton? Zakładam, że przywiozła przynajmniej własną pokojówkę...

— Nie, panie lordzie. — Zdejmując drugi but, Simons wyprostował się. — Przydzielono jej pokojówkę imieniem Jean. Miła, młoda kobieta, która nie jest skłonna plotkować o swojej pani, nawet jeśli to tylko tymczasowe stanowisko. Była dość stanowcza, gdy dwie inne pokojówki zaczęły plotkować o niekonwencjonalnym sposobie, w jaki pani przybyła.

— W jaki niekonwencjonalny sposób? — Alex podniósł wzrok.

— Tego jeszcze nie zdołałem ustalić, panie lordzie. Na razie wiem tylko, że przybyła cały tydzień wcześniej niż oczekiwano. — Simons zawahał się. — Czy mogę zapytać o pańskie zainteresowanie lady Creighton, panie lordzie?

— Nie.

— Doskonale, panie lordzie. Jutro postaram się zdobyć więcej informacji. — Simons wiedział, że nie należy naciskać, gdy Alex mówił tym beznamiętnym tonem; kamerdyner wycofał się, zabierając buty Alexa do sąsiedniego pokoju, gdzie miał je wypolerować na wysoki połysk.

Pozostawiony sam, Alex dumał nad brandy, wpatrując się w żarzące się węgle w kominku. Dlaczego Marianne przyjechała tydzień wcześniej i w jakich „niekonwencjonalnych" okolicznościach? Może eskortował ją mężczyzna, pomyślał nagle; to z pewnością byłoby niekonwencjonalne. W końcu była bardzo piękną wdową. Może kochanek ją tu przywiózł — i porzucił? To również wyjaśniałoby jej przybycie o tydzień za wcześnie.

Zanim skończył drugą szklankę brandy, Alex był już przekonany o słuszności swojej teorii. Co oznaczało, że Marianne będzie szukać nowego kochanka.

Wilczy uśmiech wykrzywił mu usta, gdy opróżnił szklankę i odstawił ją.

Tę rolę z przyjemnością dla niej odegra.

Budząc się wcześnie następnego ranka, Alex nie mógł sobie przypomnieć, kiedy ostatnio tak dobrze spał. Nie pamiętał też, kiedy ostatnio tak wcześnie poszedł spać; może to miało coś wspólnego z dobrym snem, przyznał z uśmiechem do własnej głupoty.

Simons krzątał się z przejęciem, przynosząc mu strój do konnej jazdy i sugerując, że może zechciałby wybrać się na wczesną przejażdżkę, ponieważ później w ciągu dnia spodziewano się deszczu.

— Julius będzie chciał się wybiegać — zgodził się Alex, przyjmując rękawiczki od kamerdynera. — I śmiem twierdzić, że śniadanie będzie serwowane przez cały ranek, dla wygody gości?

— Owszem, panie lordzie. W skrzydle wschodnim znajduje się salonik poranny, gdzie, jak rozumiem, bufet będzie gotowy do południa. Każdy z domowych służących może pana tam zaprowadzić.

Może złapię tam Marianne. Albo może sama będzie na przejażdżce, pomyślał Alex, schodząc na dół i wychodząc do stajni. Zauważył damę przy stopniu do wsiadania, której pomagano wejść na piękną, jabłkowitą klacz. Gdy podszedł bliżej, rozpoznał jednak Ellen, a Thomas czekał z boku, już siedząc na długonogim kasztanowatym wałachu.

— Dzień dobry! — zawołała do niego z zachwytem Ellen, gdy zobaczyła, że się zbliża. — To piękny poranek na przejażdżkę; czy zechciałbyś nam towarzyszyć?

Alex przyznał, że poranek jest rzeczywiście piękny, zwłaszcza jak na grudzień; powietrze było rześkie i czyste, szron pokrywał trawę, wiał lekki wiatr. Nie mógł też odmówić zaproszenia, chociaż zauważył, że jego koń będzie potrzebował dobrego galopu.

— Z pewnością możemy to zaaranżować — powiedział wesoło Thomas. — Widziałem twojego ogiera; to wspaniały okaz. John Pembroke na pewno będzie chciał z tobą porozmawiać o zabraniu go do Hampshire, żeby odwiedził niektóre z jego klaczy, ośmielę się rzec.

— Bez wątpienia Juliusowi spodobałyby się takie wakacje. — Alex puścił oko do Ellen. — Zwłaszcza z niecierpliwymi damami czekającymi na niego na końcu podróży!

Ellen lekko się zarumieniła. — Oburzające, Glenkellie — skarciła go. — Najwyraźniej zapomniałeś przez lata w armii, że *prawdziwe* damy nie cenią sobie sprośnych żartów. — Jej oczy jednak błyszczały i Alex wiedział, że już mu wybaczyła.

— Wybacz mi, lady Havers. — Skłonił się przed nią. — Postaram się pamiętać o dobrych manierach.

Wtedy stajenny wyprowadził Juliusa; Alex czule przywitał ogiera. Były koń bojowy zarżał i pchnął łbem pierś Alexa, odsuwając go mimowolnie o krok siłą uderzenia.

— Zachowuj się, wielki głupcze — powiedział z rozbawieniem Alex, wyjmując z kieszeni jabłko.

— Jest naprawdę piękny — skomentowała Ellen, gdy Alex dosiadł konia i podjechał obok niej. — Jak się nazywa ta maść? Jego tułów wygląda prawie na niebieski, chociaż łeb i nogi ma czarne.

— Właśnie tak się nazywa, dereszowata kara. To złudzenie optyczne; pojedyncze włosy są czarne i białe, równomiernie wymieszane. — Alex czule poklepał muskularną szyję Juliusa. — Przeniósł mnie przez wiele bitew w Belgii i Francji. Szczerze mówiąc, zasłużył na spokojną emeryturę i tyle dam, ile sobie zażyczy.

— Gdyby tylko wszyscy dzielni żołnierze Anglii mogli mieć to samo — powiedziała szczerze Ellen.

Wzruszony Alex ponownie się jej skłonił. Julius poderwał się na kilka kroków, gdy jego ciężar się przesunął, a Alex stanowczo go przytrzymał. — Jeszcze nie, chłopcze. Jeszcze nie.

— Nie tak szybki jak pełnej krwi, śmiem twierdzić, ale nie do zatrzymania, gdy już nabierze prędkości? — zapytał Thomas, przytrzymując swojego kasztana po drugiej stronie Ellen.

— Dokładnie tak — zgodził się Alex. — Konie pełnej krwi są świetne do wyścigów na milę, ale do długich kampanii i szarż kawaleryjskich potrzebny jest silniejszy i bardziej wytrzymały wierzchowiec. Twój wierzchowiec mógłby wygrać krótki wyścig, ale w ciągu dnia Julius zajeździłby go na śmierć. — Poklepał dumnie wygiętą szyję rumaka.

— Cóż, nie mamy całego dnia — powiedział Thomas — więc niestety możemy cię wyzwać tylko na krótki wyścig.

— Nas? — zapytał Alex.

— Uważaj na lady Havers. Ściga się, by wygrać — powiedział z uśmiechem Thomas i chwilę później jego słowa się potwierdziły, gdy Ellen popędziła swoją klacz do galopu, krzycząc przez ramię:

— Ostatni do rozdwojonego dębu to zgniłe jajo!

Śmiejąc się, Alex puścił Juliusowi wodze i w radosnym galopie wolności ogiera zapomniał na chwilę o wszystkich troskach, które nękały jego niespokojny umysł.

ROZDZIAŁ DZIESIĄTY

Z OKIEN SALONIKU PORANNEGO Marianne obserwowała trójkę jeźdźców, którzy w oddali przemierzali krajobraz. Alexander był nie do pomylenia, wysoki i wyprostowany; doskonale trzymał się w siodle, z łatwością kogoś, kto całe miesiące spędził na końskim grzbiecie.

— Lady Creighton.

Głos za plecami sprawił, że się odwróciła i uśmiechnęła na widok Amelii Pembroke. — Proszę, mów mi Marianne — zaprosiła ją. — Prawdę mówiąc, wolałabym zapomnieć, że moje małżeństwo w ogóle miało miejsce.

Były same, nie licząc krzątającej się przy bufecie na drugim końcu pokoju służby, więc Amelia posłała jej pełne współczucia spojrzenie. — Całkiem rozumiem, co czujesz. Nigdy ci tego wcześniej nie mówiłam, ale byłam w ogromnym szoku, gdy ogłoszono wasze zaręczyny, a potem tak szybko poślubiłaś Creightona. Myślałam, że prędzej uciekniesz z Rotherhithem, niż poślubisz mężczyznę, którego nie kochasz.

— Gdyby tylko dał mi szansę, zrobiłabym to. — Marianne znów spojrzała w okno. Konie przeszły w cwał, zmieniając się w punkciki, aż w końcu zniknęły zupełnie z pola widzenia, pochłonięte przez fałdę terenu. — On jednak już odpłynął na Półwysep. Zanim w ogóle mógł usłyszeć o zaręczynach, bez wątpienia byłam już po ślubie, ale wciąż miałam nadzieję, że coś zrobi — że wróci, wyzwie Creightona na pojedynek, zastrzeli go i mnie zabierze.

Amelia nic nie powiedziała, lecz jej spojrzenie wyrażało bezgraniczne zrozumienie.

— Byłam bardzo młoda.

— Czy wiążesz jakieś nadzieje z Rotherhithem... to znaczy, przepraszam, teraz jest Glenkelliem, oczywiście... jakieś nadzieje co do niego?

— Dobry Boże, nie. — Marianne ze wszystkich sił starała się, by nie zadrżała jej dłoń, gdy kroiła grzankę na małe, delikatne trójkąciki. — To już dawno przeszłość, Amelio. Oboje poszliśmy naprzód. On potrzebuje bogatej, dobrze skoligaconej młodej panny, by zapewniła mu kolejne pokolenie Rotherhithe'ów, a nie bezpłodnej wdowy bez grosza przy duszy, niemal odrzuconej przez rodzinę!

— Słucham? — Amelia zamrugała.

Marianne zdała sobie sprawę, że kobieta nie zna jej pełnej sytuacji. — Obawiam się, że Creighton był równie bezduszny w śmierci, jak i za życia — powiedziała z żalem, po czym po cichu wyjaśniła warunki swoje oprawy wdowiej oraz kłótnię z Arthurem i Lavinią.

— Jakie to *oburzające* — oznajmiła Amelia ze swoją zwykłą szczerością, gdy Marianne skończyła mówić. — Nie wiem, co jest gorsze: to, że Creighton potraktował panią tak haniebnie, czy to, że jego spadkobierca stara się jeszcze spotęgować tę zniewagę!

Marianne uśmiechnęła się krzywo, ale nic nie powiedziała, gdy lokaj postawił na stole między nimi parujący imbryk i polerowaną drewnianą puszkę na herbatę. Otworzywszy puszkę, wsypała łyżeczką trochę pachnących liści do gorącej wody.

— Biorąc pod uwagę charakter mojego męża, nie powinnam była spodziewać się niczego innego — powiedziała w końcu.

— Cóż, moim zdaniem to haniebne — rzekła gorąco Amelia. — I chciałabym cię zaprosić do nas, do Hampshire, abyś zamieszkała z nami jako moja droga przyjaciółka, gdy tylko zmęczy cię Londyn. Wystarczy, że wyślesz liścik, a ja sprawię, że Pembroke sam przyjedzie po ciebie z powozem. — Uśmiechnęła się nieco nieśmiało i nachyliła bliżej. — Będę za kilka miesięcy potrzebować przyjaciółki u boku — zdradziła. — Wreszcie jestem brzemienna.

— To wspaniała wiadomość i niezwykle szczodra oferta — odparła ciepło Marianne. — Z całego serca ci za nią dziękuję. Zapewne spędzę resztę życia, nachodząc po kolei wszystkich moich przyjaciół, aż będą mieli mnie serdecznie dość!

— Nigdy — zaprzeczyła lojalnie Amelia.

Wówczas dołączyła do nich rodzina Alleyne, która weszła *en masse*, z ekscytacją rozprawiając o tym, jak dobrze spali, jak wygodne były łóżka i jak troskliwa jest służba w Havers

Hall. Marianne nie była niezadowolona z zakończenia rozmowy z Amelią; dyskutowanie o jej przyszłych perspektywach było doprawdy przygnębiającym tematem, choć świadomość, że wciąż może liczyć na przyjaźń Amelii, rozgrzewała jej serce.

Wciąż siedzieli przy stole, kiedy wrócili jeźdźcy; mąż Amelii spotkał się z pozostałymi gdzieś na wsi i cała czwórka weszła do saloniku porannego z szerokimi uśmiechami i wilczym apetytem. Kuszona, by natychmiast się wycofać, Marianne uświadomiła sobie, że byłoby to raczej niegrzeczne, gdy pan Pembroke zajął miejsce obok żony i pochylił się w jej stronę, by radośnie życzyć Marianne dobrego dnia.

— Istotnie, jest to dobry dzień, panie Pembroke. Czy przejażdżka się udała?

— I to jak! To piękny poranek na rączy galop! — zwrócił się do żony. — Przykro mi, serce moje, że nie czułaś się na siłach, by mi towarzyszyć — powiedział ściszonym głosem, biorąc dłoń Amelii i całując ją. — Czy już całkiem doszłaś do siebie?

— Tak. — Amelia uśmiechnęła się do niego z czułością. — Zaprosiłam Marianne, żeby zamieszkała u nas, może na początku maja.

— Ach. — Pan Pembroke rzucił okiem na Marianne, zanim spojrzał z powrotem na żonę, która skinęła mu głową. — Lady Creighton będzie mile widziana o każdej porze, ale jeśli chcesz ją mieć przy sobie właśnie wtedy, poruszę niebo i ziemię, by znaleźć sposób, aby ją przekonać.

— Takie starania nie będą konieczne, obiecuję. — Marianne obdarzyła go ciepłym uśmiechem. — Z radością przyjmuję zaproszenie i być może będę musiała jedynie narzucić się panu w kwestii transportu, prawdopodobnie z Londynu.

— To żaden kłopot, lady. — Pembroke zbył jej obawy machnięciem ręki.

Tupot butów na wypolerowanych drewnianych deskach zwiastował kolejne przybycie. Marianne uniosła wzrok tylko po to, by napotkać oczy Alexandra, który wszedł do pokoju.

Z jej płuc uleciało całe powietrze, a ona zacisnęła dłonie na kolanach, wbijając paznokcie w skórę.

Spokojnie. Spokojnie — nakazała sobie. *To wszystko było bardzo dawno temu. Alexander nic już dla ciebie nie znaczy.*

Łomotanie serca mówiło jej, że jest kłamczuchą — a pogardliwe spojrzenie Alexandra, że i tak nic nie może zrobić, by cofnąć czas. Spuściwszy wzrok, próbowała wziąć kilka powolnych, uspokajających oddechów i odzyskać panowanie nad sobą.

Śniadanie zdawało się trwać nieznośnie długo, a wszyscy gawędzili towarzysko o swoich planach na resztę dnia. Chociaż przejażdżka zaostrzyła mu apetyt, jedzenie smakowało Alexandrowi jak popiół.

Spójrz na nią, siedzi wśród porządnych ludzi, zachowuje się, jakby nie miała żadnych zmartwień.

Każdy uśmiech, który Marianne ofiarowała komuś innemu, był jak sztylet wbijany w jego pierś. Wicehrabia Thorpington — siedzący naprzeciwko niej — wpatrzony w nią jak urzeczony, co rusz nie trafiał widelcem do ust, a młody Joseph Alleyne nie był lepszy. Dłoń Alexandra zacisnęła się na nożu, aż jego kłykcie pobielały; nie zauważył, jak mocny jest jego uścisk, dopóki palce nie zaczęły go boleśnie kurczyć.

— Czyżby pański befsztyk nie przypadł panu do gustu, Glenkellie? — zapytał uprzejmie Thomas, gdy Alex upuścił nóż z brzękiem.

— Jest w porządku, dziękuję — mruknął Alex, masując zesztywniałe palce. — To tylko nagły skurcz.

Thomas posłał mu sceptyczne spojrzenie, zanim jego wzrok przeniósł się na miejsce, w którym siedziała Marianne. — I tak to nazywasz?

Na policzki Alexa wystąpił ciemny rumieniec. Odwrócił wzrok, podniósł nóż i ponownie zaczął kroić stek. Na szczęście sir Tobias Alleyne nachylił się, by porozmawiać z Thomasem, ratując Alexa przed koniecznością wymyślania odpowiedzi na niezręczne pytanie.

Panie zaczęły jako pierwsze odchodzić od stołu. Ellen ogłosiła, że zbiorą się w bawialni. — Żałuję, że nie zaplanowałam na dziś żadnych szczególnych zajęć, ale ponieważ reszta gości ma wkrótce przybyć, muszę tu być, by ich powitać — powiedziała, a pozostałe damy natychmiast oświadczyły, że niczego bardziej nie pragną niż relaksującego poranka w wygodnej bawialni przy ciepłym ogniu.

— Nie zapomnij o hafcie, kochanie — Lady Alleyne powiedziała córce, która westchnęła.

Marianne jej współczuła. Ona również zawsze uważała haftowanie za śmiertelnie nudne.

— Ewentualnie, jeśli wolisz, Havers Hall ma wspaniałą bibliotekę — rzekła konfidencjonalnie do panny Alleyne. — Gospodarze bardzo chętnie pozwalają ją przeglądać. Chciałabyś pójść ze mną poszukać czegoś do czytania?

— Z wielką chęcią! — powiedziała szybko panna Alleyne, zanim jej matka zdążyła zaprotestować, a lady Serena od razu zapytała, czy również mogłaby z nimi pójść.

Marianne zaprowadziła dwie młode kobiety do biblioteki, uśmiechając się z przyjemnością, gdy obie zachwyciły się zbiorami. Zostawiwszy je przy półce z powieściami, sama zapuściła się głębiej między regały, przypominając sobie, że podczas ostatniej wizyty w tym pomieszczeniu zauważyła kilka książek podróżniczych. Opowieści o egzotycznych krainach i pełnych przygód (choć prawdopodobnie mocno ubarwionych) wyczynach mogły być dokładnie tym, czego potrzebowała, by zająć czymś myśli.

Siedząc przy oknie i kartkując książkę o podróżach nieustraszonej Angielki po Oriencie, Marianne straciła poczucie czasu. Nie usłyszała, jak dwie młodsze kobiety podeszły do końca rzędu półek, przy którym siedziała, nie widziała rozbawionego spojrzenia, które wymieniły, zanim cicho się oddaliły, zostawiając ją zupełnie samą.

Jednak niemal podskoczyła, gdy głęboki głos powiedział:
— A więc *tutaj* się ukrywasz.

Marianne zacisnęła dłonie na książce, próbując ukryć ich drżenie, i poświęciła chwilę, by się opanować, zanim podniosła wzrok. — Ukrywam? Bynajmniej — powiedziała, starając się, by jej ton brzmiał lekko i wesoło. — Jestem pewna, że wyraźnie oznajmiłam, iż mam zamiar tu przyjść. W końcu odnalezienie mnie nie było dla pana trudne, prawda, lordzie Glenkellie?

Alexander spoglądał na nią z góry, jego oczy były twarde i zimne jak odłamki lodu. Tik sprawił, że blizna na jego policzku podskoczyła niczym żywa istota, gdy zacisnął szczękę. Potem znów ją zaskoczył, siadając obok niej na parapecie. Za blisko! Jego umięśnione, twarde udo pod ciasnymi nankinowymi bryczesami przywierało do jej uda przez wełnianą tkaninę spódnicy. Marianne próbowała się odsunąć, ale gdy siadała, oparła się o ścianę i nie miała zbyt wiele miejsca na manewr.

— Musimy porozmawiać — powiedział w końcu.

— O czym? — Naprawdę nie potrafiła sobie wyobrazić, co mógłby mieć jej do powiedzenia po tylu latach.

— Wiem, co knujesz.

Marianne zamrugała, zdezorientowana, i przestała unikać wzroku Alexandra. — Słucham?

— Zostaw Thorpingtona i Alleyne'a z dala od swoich intryg. To porządni młodzi ludzie, którzy zasługują na coś lepszego niż złamanie serca tylko dlatego, że ci się nudzi.

— *Słucham?!* — Opadła jej szczęka z szoku.

— Powtarzasz się. I sądzę, że doskonale mnie rozumiesz. Nie zachęcaj tych dwóch chłopców — bo inaczej będziesz miała ze mną do czynienia.

Policzki Marianne zapłonęły nagłą furią. — Nie podobają mi się pańskie insynuacje i pozwolę sobie wyjaśnić, że w żadnej sprawie nie mam zamiaru mieć z panem do czynienia, lordzie Glenkellie! — Chciała wstać, ale potężna dłoń zacisnęła się na jej nadgarstku, przytrzymując ją mocno w miejscu.

— Nie tak szybko, *moja pani*. — Jego głęboki głos nadał jej tytułowi drwiącą intonację.

— Proszę mnie natychmiast puścić! — Jej spojrzenie ciskało gromy, gdy na niego patrzyła, a głos był zimny i kruchy jak lód. Mimo to zaskoczyło ją, gdy ją puścił, a jego duże palce szybko się rozluźniły.

— Wybacz — mruknął, rumieniąc się mocno. — Nie miałem zamiaru... Nigdy wcześniej nie podniosłem ręki na kobietę w gniewie.

— W takim razie, na litość boską, co pana opętało, by zrobić to teraz? — zażądała odpowiedzi Marianne, a gniew dodał jej językowi ostrości. — Co ja panu kiedykolwiek zrobiłam, że podniósł pan na *mnie* rękę?

Alexander wpatrywał się w nią w milczeniu.

Zniesmaczona, wstała i próbowała odejść, ale gdy dotarła do końca rzędu półek, cztery ciche słowa zatrzymały ją w miejscu.

— Złamałaś mi serce.

ROZDZIAŁ JEDENASTY

Alexander sam nie wiedział, co skłoniło go do tego wyznania. Może to przez słuszny gniew Marianne, który wybuchł, gdy chwycił ją za ramię, próbując zmusić, by go wysłuchała. Wciąż był w szoku, że tak się zachował; wychowano go w przekonaniu, że przemoc wobec kobiet całkowicie wykracza poza granice cywilizowanego zachowania.

Twarz Marianne, gdy powoli odwróciła się w jego stronę, była trudna do odczytania. Gniewny rumieniec zniknął i zbladła, ale kiedy się odezwała, zdał sobie sprawę, że jej wściekłość wcale nie zmalała.

— Myślisz, że *z własnej woli* poślubiłam mężczyznę ponad trzykrotnie ode mnie starszego?

Otworzywszy usta, by odpowiedzieć twierdząco, Alex dostrzegł błysk furii w jej oczach i ponownie je zamknął.

— Ach, rozumiem. — Jej głos złagodniał i wyglądała na autentycznie zawiedzioną. — Nigdy mnie nie znałeś, prawda? Co sobie myślałeś, że wodziłam cię za nos dla własnej rozrywki, a potem poślubiłam najbogatszego mężczyznę, jakiego udało mi się złapać?

Nie pamiętał, by czuł się tak mały, od kiedy w wieku sześciu lat został wezwany na pierwsze spotkanie z dziadkiem. Przenikliwe spojrzenie starca przeszyło go na wylot i czuł się równie obdarty ze skóry przez piękną kobietę stojącą teraz przed nim i kręcącą powoli głową nad jego aroganckimi przypuszczeniami.

Ku jego zaskoczeniu Marianne wróciła na swoje miejsce, choć usiadła po drugiej stronie siedziska pod oknem, zostawiając między nimi dobrą stopę wolnej przestrzeni.

— Ze względu na uczucie, którym kiedyś się darzyliśmy — powiedziała — i ponieważ wierzę ci, gdy mówisz, że złamałam ci serce, błagam, pozwól mi opowiedzieć prawdę o moim małżeństwie z Creightonem.

Dziecinnie nie chciał tego słuchać. Jeśli mówiła prawdę, oznaczało to, że jego uraza do niej, jego nieżyczliwe myśli o niej, były błędne. Że to *on* się mylił. Była to prawda trudna do przełknięcia dla każdego mężczyzny, a zwłaszcza dla kogoś o jego randze i wojskowym doświadczeniu. Przez te wszystkie lata na polu bitwy instynkt nigdy go nie zawiódł.

A jednak teraz...

— Nienawidziłam go. — Głos Marianne sprawił, że podniósł na nią wzrok i spojrzał jej w oczy, mimo poczucia winy, które kazało mu studiować własne buty. Jeśli była gotowa mówić o czymś, co musiało być głęboko nieprzyjemne, był jej przynajmniej winien uprzejmość wysłuchania jej.

— Od chwili, gdy po raz pierwszy ujrzałam Creightona, nie lubiłam go. Oblizywał wargi, gdy do mnie mówił, i patrzył na mnie, jakbym była rzeczą do posiadania — *przedmiotem*, którego pożądał. Długi karciane mojego ojca uczyniły z tego łatwą transakcję; zostałam kupiona i sprzedana za przekazaniem czeku bankowego. Jak sztuka żywego inwentarza albo ozdobna waza.

Alex poczuł lekkie mdłości. Marianne, mówiąc, nie okazywała żadnych emocji, jedynie recytowała fakty beznamiętnym tonem, pomimo ohydy okoliczności, które relacjonowała.

— Chociaż głośno oponowałam, gdy ogłoszenie o zaręczynach ukazało się w gazetach, nikt nie pytał mnie o zdanie, a moja zgoda nie była wymagana. Co więcej, gdy pewnego ranka wezwano mnie do gabinetu ojca, nie miałam bladego pojęcia, że idę na własny ślub. Z pozwoleniem specjalnym w ręku i wikarym, którego ani trochę nie obchodziły moje protesty, Creighton uczynił mnie swoją hrabiną.

— Marianne — powiedział Alex zdławionym głosem — proszę... nie rób tego.

— Czego mam nie robić? — Jej ton stwardniał, a pięści zacisnęły się na sukni. — Nie opowiadać ci, jak dwóch jego lokajów siłą zaciągnęło mnie na górę do gościnnej sypialni *w moim własnym domu*, gdzie mój mąż od zaledwie pół godziny zgwałcił mnie za pełną aprobatą mojego ojca? O licznych upokorzeniach, jakich doznałam z rąk Creightona — a zwłaszcza co miesiąc, gdy przychodził mój czas, a on bił mnie za to, że nie poczęłam dziedzica? — W jej oczach pojawiły się łzy, a Alexander znienawidził się za to, że zmusił ją do ponownego przeżywania wspomnień, które w oczywisty sposób sprawiały jej tyle bólu.

— Chryste! — Alex nie mógł dłużej usiedzieć w miejscu. Zerwał się na równe nogi i przeczesał włosy dłońmi, z frustracją ciągnąc za kosmyki. Gdyby Creighton jeszcze żył, wyzwałby go na pojedynek i sam zastrzelił tego drania, ale nie było na kim wyładować złości. — Marianne... przepraszam. Przepraszam, że cię to spotkało, i przepraszam, że myślałem o tobie najgorzej. *Przepraszam.*

Siedziała teraz z dłońmi złożonymi grzecznie na kolanach, spoglądając na niego swymi niebieskimi oczami, wyglądając jak idealna porcelanowa lalka. W końcu lekko skinęła głową. — Oboje byliśmy na wojnie — powiedziała cichszym już głosem. Jedna delikatna dłoń uniosła się, wskazując na jego twarz. — Ty po prostu masz bardziej widoczną bliznę niż ja, to wszystko.

Godzinę temu wpadłby w furię, słysząc, jak ktokolwiek śmie twierdzić, że jakiekolwiek doświadczenie może się równać z bitwami, które przetrwał, z okropnościami, które widział na wojnie. Teraz, po wysłuchaniu beznamiętnej relacji Marianne, wiedział lepiej. — Przynajmniej ja miałem dni, a nawet tygodnie, kiedy panował spokój i cisza — powiedział. — Twoje bitwy toczyły się każdej nocy.

— I każdego dnia — poprawiła go z gorzkim uśmiechem. — Ciągle byłam wystawiona na pokaz jako najcenniejszy nabytek Creightona, widzisz, i niech Bóg ma mnie w opiece, jeśli pozwoliłam sobie, by choćby jeden włos wymknął się z miejsca.

Jego głos drżał, gdy zapytał: — Czy on cię bił? — Nie miał prawa znać odpowiedzi i powiedział to zaraz po zadaniu pytania, żałując, że nie może go cofnąć. Już wystarczająco ją nacierpiał, zmuszając do ponownego przeżywania wspomnień, którymi już się z nim podzieliła.

— Tak — odpowiedziała mimo wszystko. — Aż jego ramię stało się zbyt słabe, by zadać wystarczająco dużo bólu, bym krzyknęła. A może po prostu się na to uodporniłam. — Zamilkła na chwilę, spoglądając na swoje dłonie. Jej palce ponownie się zacisnęły, aż kłykcie pobielały, po czym świadomie je rozluźniła, by wygładzić suknię. — W każdym razie, potem kazał jednemu ze swoich lokajów przejąć pałeczkę, potężnemu drabowi o imieniu Stokes, który zdawał się czerpać wielką przyjemność z doprowadzania mnie do krzyku.

Pięści Alexa zacisnęły się. Mógł przynajmniej odnaleźć Stokesa i uświadomić mu błąd jego postępowania – ale Marianne pochyliła się i położyła dłoń na jednej z jego dłoni.

— Zemsta nie powinna znać granic, jak powiedział Bard, i ja dokonałam swojej. Być może fałszywe oskarżenie to grzech, ale z wielką przyjemnością oskarżyłam Stokesa o kradzież niektórych rzeczy Creightona kilka dni po jego śmierci. Hrabia Havers bardzo mi pomógł w postawieniu go w stan oskarżenia za kradzież. Z tego co wiem, został zesłany do Zatoki Botanicznej.

— To nie jest wystarczająca kara — warknął Alex.

— Mnie to wystarczy. — Marianne wyglądała na zaskakująco pogodną, gdy zdjęła dłoń z jego dłoni i oparła się o okno. — Creighton nie żyje. Nie ma już mocy, by mnie skrzywdzić.

— A jednak wciąż nosisz jego nazwisko; czy to cię nie smuci?

— Oczywiście, że tak. — Uśmiechnęła się krzywo. — Dlatego zachęcam moich przyjaciół, by nazywali mnie Marianne, i dlatego staram się jak najszybciej nawiązywać nowe przyjaźnie. Wolałabym odrzucić konwenanse i posługiwać się tylko pierwszym imieniem; gdybym mogła, już nigdy nie usłyszałabym nazwiska Creighton.

— Mogłabyś ponownie wyjść za mąż? — zasugerował Alex, nagle ciekaw jej opinii na ten temat.

Roześmiała się, gardłowo i soczyście. — Żartujesz! Z własnej woli ponownie oddać się pod władzę mężczyzny, który może mi zrobić, co tylko zechce, i nigdy nie ponieść za to najmniejszej konsekwencji? Nie, dziękuję. — Wstając, wygładziła suknię. — Dziękuję, że mnie wysłuchałeś, lordzie Glenkellie. Kiedyś darzyłam cię sporym uczuciem i chociaż miałeś pełne prawo gardzić mną za porzucenie cię bez ostrzeżenia, zasmuciło mnie odkrycie, że masz o mnie tak niskie mniemanie. Mam nadzieję, że teraz rozumiesz mnie trochę lepiej.

— Podsunęłaś mi lustro i pokazałaś brzydotę mojej własnej duszy — rzekł Alex — i mam nadzieję, że będziesz nazywać mnie Alexandrem lub po prostu Glenkellie, i pozwolisz mi używać twego imienia, jeśli znów nadarzy się okazja do prywatnej rozmowy. W każdym razie, ślubuję, że nazwisko, które twój mąż narzucił ci wbrew twojej woli, nigdy więcej nie przejdzie przez moje usta w twojej obecności; odtąd publicznie będziesz dla mnie *Lady Marianne*.

— Obawiam się, że nie mam do tego tytułu. Jestem w końcu tylko córką wicehrabiego.

Alex zdobył się na mały uśmiech, mimo wewnętrznego zamętu, mając nadzieję rozbawić ją następną uwagą. — Jedną z zalet bycia markizem, jak odkryłem, jest to, że bardzo niewiele osób ośmiela się cię poprawiać. Wystarczy, że oświadczę, iż mylę cię z obecną hrabiną, a wkrótce przekonasz się, że połowa Londynu przyzna ci to tytularne wyniesienie.

Jej usta drgnęły i pomyślał, że być może jest rzeczywiście nieco rozbawiona. — Jak sobie życzysz, Glenkellie. Dobrze poznałam zalety wysokiej rangi w wyznaczaniu trendów wśród *Tonu*. Jeśli chcesz wykorzystać swoją na moją korzyść, nie będę protestować.

— To najmniej, co mogę zrobić. — Skłonił się głęboko, znacznie głębiej, niż wymagała tego zwykła uprzejmość. — Jeśli mógłbym być pomocny w jakikolwiek inny sposób, mam nadzieję, że nie zawahasz się mnie wezwać.

— Dziękuję. — Dygnęła w odpowiedzi, a potem dodała: — Możliwe, że skorzystam z tej propozycji, Glenkellie.

— To byłby dla mnie zaszczyt móc pomóc, Lady Marianne.

Skinąwszy głową, odwróciła się i odeszła, zostawiając Alexa samego, krążącego po pokoju i wściekłego na siebie. Jaką był świnią, czyniąc najpodlejsze założenia bez najmniejszych dowodów na ich poparcie! A ileż wycierpiała biedna Marianne! Patrząc, jak odchodzi, a fałdy jej prostej, ciemnoszarej wełnianej sukni kołyszą się lekko w ruchu, zdał sobie sprawę, że prawie na pewno nosi tak prosty strój, by unikać przyciągania uwagi mężczyzn. Być może, z powodu tego, jak Creighton wymagał od niej, by się prezentowała, odziana w najlepsze suknie i klejnoty — zawsze wzór elegancji — noszenie teraz tak niepozornej sukni było formą buntu.

W końcu, gdy jego złość na samego siebie nieco ostygła, Alex opuścił bibliotekę i zszedł na dół.

— Lordzie Glenkellie. — Kamerdyner, Allsopp, przechwycił go w holu wejściowym. — Czy mogę pana gdzieś skierować? Pozostali dżentelmeni są w sali bilardowej.

— Dziękuję, Allsopp — powiedział szorstko — ale nie jestem w nastroju do towarzystwa. Chyba przejdę się do stajni, zobaczę, czy mój koń nie sprawia kłopotów tutejszym stajennym.

— Doskonale, milordzie — odparł niewzruszony Allsopp. — Pozwoli pan, że przyniosę pański kapelusz i płaszcz.

Niecierpliwy z powodu zwłoki, Alex mimo to został na tyle długo, by włożyć płaszcz i kapelusz, które szybko przyniesiono. Na zewnątrz robiło się zimno i pomyślał, że prognozowany deszcz prawdopodobnie wkrótce się zacznie. Idąc szybkim krokiem do stajni, chłodne powietrze pomogło ostudzić wciąż wrzącą w jego krwi wściekłość. Zanim odnalazł Juliusa w dużym, wygodnym boksie z głęboką po kolana słomą do leżenia, żłobem pełnym siana i wiadrem świeżej wody, czuł się już prawie normalnie.

Głaszcząc uszy ogiera, mruczał do niego bezsensowne słowa i cieszył się, że wrażliwy koń nie wyczuł jego nastroju.

Stajnia Havers jest wyjątkowa, zauważył Alex, rozglądając się po zadowolonych koniach w boksach i stajennych zajętych polerowaniem uprzęży lub szorowaniem używanych wiader na paszę. Nie musiał się tu martwić o swoje konie.

Gdy wychodził ze stajni, na podwórze wjechał powóz, a on westchnął.

— Znowu nowi goście? Kto to taki? — zapytał głównego stajennego, który wyszedł, by popatrzeć.

— O nie, nie tym powozem, milordzie. To ten, który jaśnie pan Havers wysłał do Kumbrii po rzeczy Lady Creighton.

— Słucham? — spytał zaskoczony Alex, ale mężczyzna już się oddalił, spiesząc, by chwycić za uzdy prowadzącej pary.

To nie miało sensu. *Dlaczego Marianne nie przyjechała ze swoimi rzeczami? Dlaczego Thomas musiał po nie posyłać?* Być może to były te „dziwne okoliczności" jej przybycia, o których słyszał Simons. Alex natychmiast postanowił zlecić swojemu lokajowi dalsze dochodzenie. Nauczył się swojej lekcji; był zdeterminowany nie czynić więcej żadnych założeń na temat Marianne, nie będąc w posiadaniu wszystkich faktów.

ROZDZIAŁ DWUNASTY

Z SERCEM WCIĄŻ BIJĄCYM szybko, gdy pospiesznie oddalała się od biblioteki, Marianne przystanęła na chwilę w drzwiach salonu, po czym odwróciła się i przemknęła na górę po schodach. Allsopp udał, że jej nie widzi, gdy przemykała obok niego, a ona posłała kamerdynerowi wdzięczne spojrzenie, wiedząc, że pozornie szorstka powierzchowność skrywała dobre serce. Była pewna, że wyprze się jakiejkolwiek wiedzy o niej, jeśli ktoś zapyta, chociaż i tak nie byłoby jej trudno znaleźć.

Jej pokoje były puste, gdy do nich weszła. Jean widocznie wyszła w jakimś interesie, ale Marianne się tym nie przejmowała. W tej chwili nie pragnęła niczego więcej niż ciszy i samotności, by przemyśleć zdumiewającą rozmowę, jaką właśnie odbyła z Alexandrem. Najwyraźniej myślał o niej najgorzej, co było naprawdę przygnębiające. Z drugiej strony, jeśli rzeczywiście złamała mu serce tyle lat temu, przypuszczała, że miał prawo czuć gniew. *Najbardziej zaskakująca*, rozmyślała Marianne, zwijając się w kłębek w wygodnym fotelu przy kominku, zrzuciwszy pantofle i podciągnąwszy stopy pod siebie, *była widoczna wściekłość Alexandra, gdy opowiedziałam mu o złym traktowaniu z rąk Creightona. To niemal tak, jakby wciąż coś do mnie czuł*. Spodziewała się, że jej nie uwierzy, że oskarży ją o zmyślanie. A jednak słuchał bez przerywania, a na jego twarzy malował się pogłębiający wyraz mieszaniny przerażenia i wściekłości. Naprawdę jej uwierzył.

Marianne nie potrafiła do końca pojąć, co takiego sprawiło, że tak wiele powiedziała Alexandrowi. Nigdy nikomu nie wyznała całej tej plugawej prawdy o swoim małżeństwie i nie planowała tego robić. Ale gdy odkryła, że myślał, iż poślubiła Creightona z własnej woli, słowa po prostu z niej wybuchły, a gdy zaczęła, nie mogła przestać, dopóki nie opowiedziała mu o najgorszym, choć nie o wszystkim — to zajęłoby całe dnie, a ona nie chciała rozwodzić się nad wszystkim, co wycierpiała. Teraz czuła się dziwnie lekka, jakby dzieląc się prawdą z Alexandrem, oczyściła się z mrocznego ciężaru.

Świadomość, że Alexander potępia działania Creightona, również była przyjemna, nawet jeśli jego sugestia, że powinna ponownie wyjść za mąż, była śmieszna. Mężczyźni, którzy na zewnątrz okazywali życzliwość, za zamkniętymi drzwiami potrafili być potworami. W końcu Creighton publicznie odgrywał rolę oddanego męża, który z przyjemnością obsypywał swoją piękną, młodą żonę prezentami. Ileż dam wyrażało swoją zazdrość i deklarowało, że chciałyby, aby ich mężowie byli równie hojni?

Wzdrygnąwszy się na wspomnienie ceny, jaką zapłaciła za hojność Creightona, uwagę Marianne przykuł odgłos kopyt na żwirowanej ścieżce alei. Wyjrzawszy przez okno, zobaczyła zwykły, ciemny powóz toczący się w stronę domu, ciągnięty przez cztery konie, niedopasowane maścią, ale wyglądające na krzepkie. Zastanawiając się, czy powinna zejść, by dołączyć do Ellen i reszty i powitać nowych przybyszów, zmarszczyła brwi z ciekawością, gdy powóz nie zatrzymał się przed frontowymi drzwiami, lecz objechał dom z boku, znikając jej z oczu. *Może to służba przybywająca przed swoimi pracodawcami*, odgadła w końcu i wróciła do własnych rozmyślań.

Oferta pomocy Alexandra, gdyby kiedykolwiek jej potrzebowała, była niezwykle niespodziewana, ale nie niechciana. Co więcej, szczerze wierzyła, że mówił poważnie — a biorąc pod uwagę niepewność jej przyszłości, było bardzo możliwe, że pewnego dnia będzie musiała prosić go o pomoc w jakiejś sprawie. Oczywiście nigdy nie poprosiłaby o wsparcie finansowe, ale jako markiz mógł załatwić wiele spraw jednym pstryknięciem palców, co dla niej byłoby całkowicie niemożliwe do osiągnięcia.

Pospieszne kroki za drzwiami jej pokoju sprawiły, że podniosła wzrok, a po chwili drzwi się otworzyły.

— Och, jaśnie pani! — Zaskoczona Jean dygnęła. — Wybaczy mi pani, myślałam, że jest pani na dole z pozostałymi damami!

— Nic się nie stało, Jean. Chciałam tylko pobyć trochę sama, to wszystko. Nie, nie, w porządku, wejdź. — Wysunąwszy stopy spod siebie, Marianne wstała.

— Po prostu przyjechały pani rzeczy, jaśnie pani! — zawołała Jean. — Aż z Kumbrii!

— Och! — Zaskoczona Marianne patrzyła, jak Jean odsuwa się na bok, aby wpuścić do pokoju małą procesję lokajów, niosących pozornie niekończący się strumień kufrów i paczek. — Czy przywieźli moją *całą* garderobę? — zapytała zdumiona.

— Jaśnie pan hrabia wysłał swego zarządcę z poleceniem, aby spakowano wszystko, co do pani należy — powiedział jeden z lokajów, kłaniając się w jej stronę. — Wysłał też wszystkie kufry jaśnie pani Havers, żeby w nie to spakować.

— Och, jak miło z jego strony! — Wiedziała, że dla Thomasa nie miało to znaczenia, ale dla niej posiadanie wszystkich własnych sukien i rzeczy osobistych robiło ogromną różnicę. Przybyły jeszcze dwie pokojówki, by pomóc Jean w rozpakowywaniu, gdy lokaje wyszli. Marianne dołączyła do swoich pokojówek, wykrzykując z przyjemnością, gdy otwierano kufry, odsłaniając jedwabie i atłasy we wszystkich kolorach tęczy.

— W tym jest list, jaśnie pani — powiedziała jedna z pokojówek, podając złożony papier.

Marianne przyjęła go, odsuwając się na bok, podczas gdy pokojówki sprawnie kontynuowały rozpakowywanie. Na zewnątrz schludnym, precyzyjnym pismem napisano *Ciocia Marianne*, a ona uśmiechnęła się, wracając do fotela, by go otworzyć. Domyśliła się, że notatkę napisała Diana albo Clarissa.

Droga ciociu Marianne, zatrzymałam dwie sukienki, które mi dałaś, a Clarissa całkowicie wypełniła swoją robótkową szkatułkę wstążkami i koronkami, ale pomogłyśmy pokojówkom spakować wszystko inne z twojej garderoby. Papa nie chciał otworzyć swej kasetki, by oddać klejnoty, które kupił ci poprzedni hrabia, ale zarządca lorda Haversa był dość nieustępliwy. Mamy nadzieję, że masz się dobrze i cieszysz się pobytem u przyjaciół, i z niecierpliwością oczekujemy spotkania z tobą w Londynie w Nowym Roku, ponieważ mama i papa są już pogodzeni z tym, że cała rodzina musi jechać. Z miłością, Diana.

Pukanie do drzwi zaskoczyło Marianne, a Jean przerwała rozpakowywanie, by podbiec i otworzyć. — Lord Havers do pani, jaśnie pani — poinformowała Marianne.

— Dziękuję. — Wkładając liścik do kieszeni, Marianne wsunęła stopy w pantofle i podeszła do drzwi.

— Jaśnie pani. — Thomas z szacunkiem skinął głową. — Zastanawiam się, czy nie zechciałabyś poświęcić mi kilku minut, może w moim gabinecie?

— Oczywiście. — Kiwnąwszy na Jean, by kontynuowała pracę, Marianne opuściła swój pokój i zrównała się krokiem z Thomasem. Ten szarmancko podał jej ramię, a ona przyjęła je z uśmiechem.

— Mam nadzieję, że Jean opiekuje się tobą ku twojemu zadowoleniu? — zapytał.

— Jest zdecydowanie najbardziej uczynną pokojówką, jaką kiedykolwiek miałam — odparła szczerze Marianne — i z przyjemnością napiszę jej doskonałe referencje w przyszłości, gdyby ich potrzebowała.

— Myślę, że właściwie miała nadzieję, iż zaproponujesz jej stałą posadę u siebie — zauważył Thomas.

— Chciałabym móc to zrobić. Jednak bez stałego dochodu obawiam się, że nie mogłabym zagwarantować jej długoterminowego zatrudnienia, a to byłoby bardzo niesprawiedliwe wobec Jean.

— Co do tego — powiedział Thomas, gdy razem zaczęli schodzić po schodach — mam kilka pomysłów, które mogłyby zapewnić ci całkiem miły, niewielki dochód przy małej początkowej inwestycji.

— Ależ ja nie mam pieniędzy na inwestycje, Thomasie! — Rzuciła mu pełne rozpaczy spojrzenie. — Czy już zapomniałeś, w jakim stanie zjawiłam się na twoim progu? Z pewnością nie, skoro twoi ludzie właśnie wrócili z moimi rzeczami, których nie mogłam ze sobą zabrać, za co nie potrafię ci wystarczająco podziękować!

Thomas wykonał gest zaprzeczenia. — Nie myśl o tym. Zaprzyjaźniłaś się z Ellen w Londynie, gdy była podpieraczem ścian, i nigdy nie będę w stanie wystarczająco wyrazić ci wdzięczności za tę życzliwość.

— Nigdy nie byłam bardziej zadowolona z impulsu, który skłonił mnie tamtej nocy do rozmowy z nią — upierała się Marianne — bo znalazłam siostrę, o której zawsze marzyłam.

— Ona mówi o tobie to samo, a ja również uważam cię za swoją siostrę — powiedział Thomas — dlatego z radością wyświadczę ci każdą przysługę, jaka jest w mojej mocy.

Dotarli do gabinetu. Thomas otworzył drzwi, by wprowadzić Marianne do środka. Na środku biurka stała duża drewniana skrzynia, a obok niej plik papierów.

— Proszę. — Thomas wskazał Marianne krzesło, a ona usiadła, spoglądając z ciekawością na Thomasa, który zebrał papiery. — Najwyraźniej twój zmarły mąż przechowywał zapisy całej biżuterii, jaką dla ciebie kupił.

— Cóż, tak, ale rozumiem, że wszystko to było własnością posiadłości i przeszło teraz na nową lady Creighton — powiedziała zaskoczona Marianne.

— Gdyby inaczej odnotował te zakupy, być może tak by się stało, ale gdy jego prawnicy odwiedzili bank podczas załatwiania spraw spadkowych, klejnoty były przechowywane razem z rachunkami za zakup, których kopie tu widzisz. — Thomas podał jej plik papierów. — Na każdym z nich na dole widnieje odręczna notatka: „Kupione dla Marianne".

Nawet widok pisma jej byłego męża, dużego i kanciastego, z piórem niemal przebijającym papier, przyprawił Marianne o dreszcz. Rzuciła okiem tylko na wierzchnią kartkę, po czym zapytała: — Przepraszam, ale nie rozumiem, co to znaczy. Z pewnością, jeśli zostały zakupione za pieniądze Creightonów, nadal należą do posiadłości?

— Zgodnie z prawem należą do ciebie. Podejrzewałem, że tak jest; przy ostatniej rozmowie z byłym hrabią pokazał mi perłową broszkę, którą dla ciebie zamówił, i widziałem rachunek z dokładnie taką notatką. Kiedy pisałem do obecnego hrabiego z prośbą o odesłanie twoich rzeczy z moimi ludźmi, zaznaczyłem, że prościej będzie, jeśli wyśle klejnoty z moim zarządcą, niż gdybym musiał kontaktować się z jego prawnikami, by zażądać ich zwrotu w twoim imieniu.

Pamiętała tę perłową broszkę. Creighton dał jej ją dzień przed ślubem Thomasa i Ellen i niemal rozkazał jej ją założyć. Była to brzydka, krzykliwa rzecz, gwarantująca przyciąganie wzroku, więc starała się ją ukryć, przypinając ją przy talii, a nie na piersi. Podejrzewała, że to gniew Creightona z powodu jej nieposłuszeństwa, choć niewielkiego, doprowadził do jego śmiertelnego ataku apopleksji, chociaż mogło to być również jedno z wielu drobnych przewinień z jej strony. W końcu tamtego dnia dobrze się bawiła.

— Nie chcę jej — powiedziała instynktownie, gdy Thomas podał jej mały żelazny kluczyk i skinął głową w stronę szkatuły.

— Broszki?

— Niczego z tego. — Odłożywszy kluczyk na biurko, Marianne potrząsnęła głową. — To jedyna biżuteria, którą kiedykolwiek chciałam nosić. — Sięgnęła do gardła, gdzie na cienkim łańcuszku wisiał prosty srebrny krzyżyk. — Należał do mojej matki, jedyna rzecz, jaka mi po niej została. Mój ojciec sprzedał resztę jej klejnotów, by sfinansować swój hazard, ale ten nie był wart tyle, by się nim fatygował. Creighton nigdy nie pozwalał mi go nosić; teraz, gdy mam wybór, wolałabym nie nosić niczego innego.

— Całkowicie zrozumiałe — powiedział życzliwie Thomas. — W takim razie, dlaczego nie rozważysz ich sprzedaży? Niektóre z tych klejnotów są warte znaczną sumę, wiesz.

— Naprawdę? — Marianne nigdy o tym nie myślała. Creighton nigdy nie pozwalał jej widzieć rachunków za cokolwiek; jej konta były wysyłane bezpośrednio do niego.

— Z pewnością według tych dokumentów. Na przykład trzysta siedemdziesiąt pięć funtów za rubinowy naszyjnik i kolczyki.

Marianne zmarszczyła brwi. — Rubinowy naszyjnik? Nigdy nie miałam rubinowego naszyjnika.

— Kupiony u Garrarda na kilka dni przed jego śmiercią. Możliwe, że nie zdążył ci go wręczyć. — Podniósłszy odrzucony przez nią klucz, Thomas otworzył szkatułę, sprawdził numer na jednym z papierów i wyjął płaskie etui na biżuterię z numerem napisanym kredą na wieczku.

— Och — mruknęła Marianne, gdy Thomas otworzył pudełko. Naszyjnik był wyjątkowo krzykliwy, a kolczyki wyglądały na ciężkie. — Nienawidziłabym tego nosić.

— Cóż, gdybym miał wydać kilkaset funtów u Garrarda, nie sądzę, bym właśnie to wybrał — powiedział dyplomatycznie Thomas.

Sięgnąwszy, by zamknąć pudełko, Marianne potrząsnęła głową. — Nawet gdyby miał lepszy gust, i tak nie chciałabym nosić klejnotów, które on dla mnie wybrał. Przynajmniej pozwalano mi wybierać własne suknie, nawet jeśli zawsze musiały być najmodniejsze. To... było tylko demonstracją jego władzy nade mną, niczym więcej. Nie chcę ich.

— W takim razie zorganizujmy ich sprzedaż — powiedział praktycznie Thomas. — Jeśli uda nam się uzyskać ceny choćby o połowę niższe niż te, które zapłacił Creighton, będziesz miała niezłą sumkę na czarną godzinę. Spójrz na to, jeśli chcesz, jak na należną wdowią rentę.

— Tak właśnie zrobię — zdecydowała, zadowolona z pomysłu pozbycia się klejnotów i jednoczesnego zyskania pewnej niezależności finansowej. — Pomożesz mi w sprzedaży, Thomasie? Nie wiedziałabym, od czego zacząć.

— Ja też nie, ale obiecuję ci, że zbadam w twoim imieniu, jak uzyskać najlepsze ceny.

— Może lord Glenkellie mógłby pomóc? — zaproponowała nieśmiało, wiedząc, że Alexander znał w Londynie znacznie więcej osób niż Thomas.

Thomas spojrzał na nią z ciekawością. — Odniosłem wrażenie, że ty i Glenkellie nie jesteście w najlepszych stosunkach — powiedział ostrożnie.

— Nieporozumienie — odparła wymijająco Marianne — które należy już do przeszłości. Wierzę, że byłby skłonny przynajmniej podać kilka kontaktów.

— W takim razie poproszę go o pomoc. A w międzyczasie, czy chciałabyś, żebym kazał zanieść szkatułę do twojego pokoju?

— Nie — powiedziała natychmiast. — Po prostu... schowaj ją gdzieś w bezpiecznym miejscu, jeśli łaska.

— Jak sobie życzysz.

Błogosławiła Thomasa za to, że nie zadawał więcej pytań. Podejrzewała, że doskonale zdawał sobie sprawę, jak nieszczęśliwe było jej małżeństwo, chociaż podzieliła się z nim i Ellen znacznie mniejszą ilością szczegółów niż z Alexandrem.

Zamiast tego, tylko odłożył rubinowy naszyjnik do szkatuły, ponownie ją zamknął i podał jej pojedynczą kartkę papieru, mówiąc, że to kompletny inwentarz zawartości. Spisany przez jego zarządcę, został kontrasygnowany przez Arthura, poświadczając, że wszystkie klejnoty należą do niej, Marianne, i nie są własnością posiadłości Creighton. Było ich znacznie więcej, niż przypuszczała, a suma na dole kartki sprawiła, że jej oczy wyszły z orbit. Thomas miał całkowitą rację; jeśli udałoby im się uzyskać ceny choćby o połowę niższe od wartości nowych klejnotów, niezależność finansowa naprawdę byłaby w jej zasięgu.

ROZDZIAŁ TRZYNASTY

KLEJNOTY MOGŁYBY BYĆ ODPOWIEDZIĄ na moje problemy finansowe, pomyślała Marianne, składając list i wsuwając go do kieszeni obok liściku od Diany. Wchodząc po schodach, by wrócić do swojego pokoju, rozmyślała nad możliwościami. Będzie mogła zaoferować Jean posadę. Mogłaby kupić dla nich obu domek gdzieś na wsi, ale perspektywa zaszycia się w wiejskiej chatce nie wydawała jej się pociągająca. Lepiej będzie, za radą Thomasa, zainwestować pieniądze i trzymać się pierwotnego planu spędzania większości roku u przyjaciół. Przynajmniej teraz będzie mogła sama się utrzymać, nie będąc całkowicie zależną od hojności innych, co stanowiło ogromną ulgę.

— Moja pani. — Jean odwróciła się do niej z rozpromienioną twarzą, gdy Marianne ponownie weszła do pokoju. — Nigdy nie widziałam takich sukien!

Pokojówka trzymała w dłoniach suknię, którą Marianne mgliście pamiętała jako zamówioną, lecz jeszcze nienoszoną. Uszyta z ciemnoszmaragdowego jedwabiu, miała delikatny złoty haft na całym staniku oraz wokół rąbka i mankietów.

— Taki *materiał* — powiedziała Jean niemal z czcią. — Nawet się nie pogniótł!

— Taki już jest dobry jedwab — stwierdziła Marianne, kiwając głową. — Zapomniałam, jaka jest piękna. — Dotykając rękawa, zapytała: — Myślisz, że powinnam ją dziś wieczorem włożyć?

— Och, tak! — zawołała Jean z entuzjazmem. — Nie wyobrażam sobie koloru, który lepiej by do ciebie pasował, moja pani. Wszystkie oczy będą zwrócone na ciebie!

— Pochlebiasz mi, ale i mnie przekonałaś. — Marianne zawahała się, zanim powiedziała: — Wiem, że już raz pomogłaś mi się dziś ubrać, Jean, ale teraz, gdy dotarły moje lepsze suknie, myślę, że chciałabym się przebrać z tej, którą mam na sobie. Od prawie dwóch tygodni noszę na zmianę te same dwie suknie.

— Oczywiście, moja pani. — Z nabożeństwem kładąc szmaragdowy jedwab na łóżku, Jean pospieszyła do garderoby, gdzie dwie pozostałe pokojówki wciąż rozpakowywały kufry i wieszały suknie. — A co powiesz na tę, moja pani?

Suknia była z wełny, nie z jedwabiu, ale z delikatnej, miękkiej jagnięcej wełny ufarbowanej na piękny odcień gencjanowego fioletu. Marianne przypomniała sobie, że była pięknie skrojona, a przy tym ciepła i wygodna.

— Idealna — odparła, zadowolona z wyboru Jean, i stała nieruchomo, pozwalając pokojówce pomóc sobie z guzikami.

Przebrana w piękną suknię, Marianne poczuła, jak powraca do niej odrobina dawnej pewności siebie. Przypomniała sobie, że zawsze z łatwością poruszała się w najwyższych sferach, niezważająca na to, co ktokolwiek o niej myślał. W końcu ich opinie nie mogły jej w żaden sposób zaszkodzić, a codzienne stawianie czoła bardzo realnym zagrożeniom w trakcie małżeństwa uodporniło ją na drobne zniewagi. Jej pozorna nieustraszoność uczyniła ją zaskakująco popularną wśród największych formalistów, w tym patronek Almack's.

Wspomnienie tego, jak bez lęku stawiała czoła rosyjskiej księżniczce i niezliczonym księżnym, hrabinomiom oraz innym, wywołało uśmiech na twarzy Marianne, gdy gładziła dłońmi spódnicę. Jej piękne suknie były w takim samym stopniu zbroją, jak zbroja płytowa i tarcza średniowiecznego rycerza.

— Och, masz coś w kieszeni, moja pani. — Jean podała jej złożone kartki papieru, które znalazła w kieszeni zdjętej sukni. — Chciałabyś je mieć przy sobie, czy mam je włożyć do sekretery?

Myśląc, że powinna napisać do Diany list z podziękowaniami i informacją o spodziewanej dacie przybycia towarzystwa hrabiego Havers do Londynu, Marianne skinęła głową. — Do sekretery, dziękuję, Jean.

— Dobrze, moja pani. Jakie buty włożysz?

— Och, te pantofle wystarczą. — Marianne spojrzała w dół na pantofle z brązowej koźlej skórki, które nosiła od rana. Jean spojrzała na nią z lekką dezaprobatą, ale Marianne pozostała niewzruszona. Zabrała ze sobą te pantofle, ponieważ były jej ulubionymi, przylegającymi i wygodnymi. I tak nikt nie zobaczy nic więcej niż czubki jej palców spod długiej spódnicy.

Ubrana w świeżą, wysokiej jakości suknię, Marianne przyjrzała się sobie w lustrze. *Koniec z ukrywaniem się w pokoju*, postanowiła. Teraz, kiedy pogodziła się z Alexandrem, nie było nikogo innego, na czyjej opinii by jej zależało — poza Thomasem i Ellen, oczywiście, ale wiedziała już, że ma ich lojalne wsparcie.

— Schodzę na dół, by dołączyć do reszty towarzystwa, Jean — oznajmiła pokojówce, która wkładała jej listy do ślicznej, małej sekretery przy jednym z okien.

— Dobrze, moja pani. Dopilnuję, by Anne i Polly poukładały wszystkie pani rzeczy jak należy. — Jean nadymała się lekko z dumy. — Całe popołudnie spędzimy na prasowaniu zagnieceń.

— Nie musisz robić wszystkiego jednego dnia — powiedziała Marianne, rozbawiona i wzruszona oddaniem Jean. — Przygotuj szmaragdowy jedwab na wieczór i wybierz inną suknię dzienną na jutro, a reszta może poczekać.

— Nigdy nie odkładaj na jutro tego, co możesz zrobić dzisiaj, jak mawia moja mama — odparła Jean z uśmiechem. — Proszę zostawić to wszystko mnie, moja pani.

Kręcąc głową, Marianne zostawiła Jean przy jej pracy i wróciła na dół. Wchodząc do holu w chwili, gdy Ellen wychodziła z frontowego salonu, uśmiechnęła się do przyjaciółki. — Przepraszam, że cię porzuciłam!

— Nie ma za co przepraszać, słyszałam, że przybyła twoja garderoba! I rzeczywiście, widzę. Co za piękna suknia!

Pusząc się nieco, szczęśliwa, że znów nosi kolory, Marianne lekko poruszyła spódnicami. — Czyż nie jest urocza? Madame Fallou ją dla mnie uszyła; znasz jej sklep?

— Obawiam się, że nie.

— Będę musiała cię tam zabrać, kiedy dotrzemy do Londynu. Z przyjemnością by cię ubrała.

— Och, ale mam już wystarczająco dużo sukien — zaprzeczyła Ellen.

Śmiejąc się, Marianne wzięła przyjaciółkę pod ramię. — Ellen, moja najdroższa. Nigdy nie można mieć zbyt wielu sukien!

W ciągu dnia przybyły jeszcze trzy grupy gości, uzupełniając listę tych, którzy mieli zatrzymać się w Havers Hall na przyjęciu. Wtłoczyli się do domu, mimo jego wielkich rozmiarów, zakłócając równowagę i spokój Alexandra. Nie mogąc unikać towarzystwa, jak to mógłby czynić we własnym domu, zmusił się do bycia towarzyskim dla pozostałych dżentelmenów zaproszonych przez Thomasa i był mile zaskoczony. Co do jednego, byli to ludzie rozsądni i inteligentni, a rozmowa z nimi nie nudziła go na śmierć. Po raz pierwszy od opuszczenia armii Alex znalazł się w towarzystwie, które go nie irytowało.

Przynajmniej, gdy przebywał wśród dżentelmenów. Choć panie również były bez wątpienia inteligentne, niemal wszystkie zdawały się go oglądać, jakby był koniem, którego zamierzają przeznaczyć na reproduktora; nie raz podsłuchał komentarze o swoich zgrabnych nogach i doskonałych zębach. Lady Alleyne niemal rzucała mu pod nogi pannę Alleyne, a chociaż lady Serena Thorpe była zbyt dobrze wychowana, by robić z siebie widowisko, wciąż dbała o to, by znajdować się w sytuacjach, w których nie mógł jej całkowicie unikać.

Jedyna kobieta, z którą rzeczywiście chciałby spędzać czas, już go nie unikała, ale też nie wydawała się szczególnie pragnąć jego towarzystwa. Ubrana w jaskrawe, pięknie skrojone suknie z nowo dostarczonej garderoby, Marianne przyciągała wzrok, gdziekolwiek się pojawiła.

Włączając w to jego wzrok.

Szczególnie jego.

Alexander niemal połknął język, gdy wieczorem wpłynęła do salonu w najpiękniejszej zielonej sukni, z masą kasztanowych loków upiętych na czubku głowy. Kątem oka zobaczył, jak wicehrabia Thorpington upuszcza kieliszek sherry, gapiąc się z otwartymi ustami na zjawisko przed nim.

Pan Alleyne był nieco mniej nieokrzesany i szybko pospieszył do boku Marianne, ale jej spojrzenie rzucone na młodszego mężczyznę było jedynie pełne tolerancji i rozbawienia, jak Alex teraz zauważył. Jego zazdrość wcześniej go zaślepiła, ale wieczór spędzony na obserwowaniu, jak Marianne delikatnie odpiera zaloty zarówno Alleyne'a, jak i Thorpingtona, wyjaśnił mu, że jego oskarżenie o zwodzenie ich było bezpodstawne i obraźliwe. Nie dała żadnemu z nich najmniejszej zachęty; wręcz przeciwnie, Alexander miał powody, by być jej wdzięcznym, gdy skierowała Thorpingtona w stronę panny Alleyne, zachęcając go do odprowadzenia jej na kolację.

Mając nadzieję, że podczas kolacji usiądzie obok Marianne, Alex był rozczarowany, gdy znalazł się między panią Pembroke a jedną z nowo przybyłych, panną Florence Wilson, która przyjechała dzisiaj ze swoją siostrą bliźniaczką, panną Fioną, i ich rodzicami. Przyjemna z wyglądu dziewczyna, choć nie wielka piękność, była najwyraźniej zbyt przytłoczona, by w ogóle się odzywać, ani do niego, ani nawet do życzliwego Sir Tobiasa Alleyne'a, siedzącego po jej drugiej stronie.

Pani Pembroke była wystarczająco przyjazna, choć obserwowała go ostrożnym wzrokiem, a jego świadomość, że ona i Marianne są blisko, powstrzymywała go od zwracania na Marianne zbyt dużej uwagi podczas posiłku. Mimo to był jej świadomy w każdej chwili. Siedząc po drugiej stronie stołu, dwa miejsca dalej, łatwo mógł ją ukradkiem obserwować, podziwiać, jak światło świec lśni w jej ognistych lokach, upajać się jej niskim, melodyjnym śmiechem, gdy swobodnie rozmawiała z panem Wilsonem i panem Pembroke.

Nawet mówiąc sobie, że marnuje czas, że Marianne nie jest zainteresowana ponownym zamążpójściem, a on szanuje ją zbyt mocno, by zadowolić się czymkolwiek innym niż małżeństwo, nie potrafił odwrócić wzroku. Powinien próbować ośmielić pannę Wilson, odkryć, co Ellen dostrzegła w tej dziewczynie, a może odpowiadać na częste uśmiechy lady Sereny lub korzystać z licznych okazji, jakie stwarzała lady Alleyne, by poznać jej córkę.

Żadna z nich ani trochę go nie pociągała. Marianne przyciągała go do siebie niczym grawitacja: siła równie nieubłagana, co niewidzialna.

— Wydaje mi się, że ma pani wielbiciela w lordzie Glenkellie — mruknął pan Pembroke do Marianne, gdy podawano deser. — Ale z drugiej strony, gdybym nie był tak zakochany w Amelii, z pewnością dołączyłbym do grona pani wielbicieli — dodał, gdy nic nie odpowiedziała. — Nie wątpię, że już naciskała na panią, by zdradziła jej pani tajemnicę swojej modystki.

Marianne uśmiechnęła się i postanowiła odpowiedzieć tylko na jego ostatnie uwagi. — Mam nadzieję, że Amelia nie nadwyręży zbytnio pańskiego portfela.

— Przynajmniej pan musi wydawać tylko na żonę, Pembroke — burknął pan Wilson. — Z dwiema córkami bliźniaczkami wprowadzonymi jednocześnie na salony, przysięgam, że mój bankier wzdryga się za każdym razem, gdy mnie widzi! Wstążki i kapelusze, i nowe pantofle do tańca co tydzień, i nie wiem co jeszcze.

— Będzie pan za nimi tęsknił, gdy nie będzie ich już w pańskim domu, jak sądzę — powiedziała mądrze Marianne. Już zdążyła się zorientować, że pan Wilson to typ gbura o złotym sercu. Jego spojrzenie łagodniało za każdym razem, gdy patrzył na żonę lub którąkolwiek z córek.

— Hm — mruknął pan Wilson, ale skinął głową. — To musi być wyjątkowy młodzieniec, żeby zdobyć którąkolwiek z moich dziewcząt. Nie chciałbym też, żeby były zbyt daleko od siebie. Są bardzo blisko.

— Są niemal identyczne. Proszę mi powiedzieć, czy nalega pan, by nosiły różne kolory, żeby móc je odróżnić? — Marianne droczyła się z nim delikatnie.

— Och, my z panią Wilson zawsze wiemy. Zmuszamy je do tego, by oszczędzić innym zażenowania. — Pan Wilson posłał jej chytry uśmiech.

Roześmiała się. Po drugiej stronie stołu po raz dwudziesty napotkała wzrok Alexandra i pośpiesznie odwróciła oczy, a na jej policzki wystąpił lekki rumieniec. Dlaczego on tak na nią patrzył? Myślała, że wszystko między nimi zostało ustalone po porannej rozmowie!

Chociaż niektórzy z mężczyzn postanowili zostać dłużej w jadalni po kolacji, młodsi z towarzystwa zdecydowali się towarzyszyć paniom z powrotem do salonu, gdzie pani Wilson nakłaniała córki do występu dla gości.

Alexander, ku zaskoczeniu Marianne, postanowił towarzyszyć paniom; poprzedniego wieczoru□□□ długo raczył się porto i cygarami. Dziś wieczorem zajął miejsce i przyjął filiżankę herbaty z miną wyrażającą zachwyt.

Panny Wilson wyraziły niechęć, a Marianne westchnęła w duchu, gdy ich matka nalegała. Dlaczego niektóre matki ciągle zmuszają córki do publicznych występów? Miała nadzieję, że dziewczęta nie czują się zbyt nieswojo. W końcu wymieniły spojrzenia i razem podeszły do pianoforte, gdzie w swoich pastelowych sukniach, Florence w brzoskwiniowej, a Fiona w bladozielonej, stanowiły uroczy obrazek.

Spodziewając się przeciętnego występu, Marianne wyprostowała się na krześle jak struna, gdy Florence zaczęła grać. Była wyjątkowo utalentowaną muzyczką, a w jej grze widać było prawdziwe uczucie. Potem Fiona zaczęła śpiewać i wszelkie rozmowy w pokoju ucichły, gdy jej głos wzbił się w powietrze.

Alexander wydawał się całkowicie oczarowany muzyką, a Marianne poczuła nagle, jak w jej piersi wzbiera zazdrość. Nigdy nie wykazywała szczególnych zdolności muzycznych, brzdąkając przez obowiązkowe lekcje gry na pianoforte, aż jej ojciec postanowił zaoszczędzić na tym wydatku. Była to jedna z rzadkich jego oszczędności, której nie żałowała.

Teraz, patrząc na zachwyconą twarz Alexandra, żałowała, że nie była bardziej wytrwała. Może gdyby tylko ćwiczyła więcej... ale nie, jej nauczycielka muzyki zawsze raczyła ją jedynie zdawkowymi pochwałami. Alexander nigdy nie spojrzałby na nią w ten sposób.

Radość, jaką czerpała z wieczoru, zniknęła. Marianne oparła się na krześle i popijała herbatę. *Nie powinno mieć najmniejszego znaczenia, czy Alexander czerpie przyjemność z gry i śpiewu dwóch miłych, młodych dam*, próbowała sobie wmówić.

— Ty musisz wystąpić następna, Leonoro! — syknął głos za jej plecami. Lady Alleyne, jak domyśliła się Marianne. — To oczywiste, że lord Glenkellie ma słabość do muzyki!

— Po tym występie brzmiałabym jak wyjący kot — odparła cicho panna Alleyne.

Marianne ukryła uśmiech w filiżance herbaty. Panna Alleyne nie była głupia.

— Mówię ci, on szuka żony. Jeśli nie postawisz się przed nim, jakaś inna dziewczyna zostanie jego markizą! — warknęła lady Alleyne. Chociaż mówiła cicho, Marianne miała doskonały słuch i wyraźnie słyszała każde słowo.

Panna Alleyne nie odpowiedziała, a Marianne ponownie przyjrzała się wyrazowi twarzy Alexandra, gdy spektakularny występ sióstr Wilson dobiegł końca. Wstał, by klaskać wraz z resztą dżentelmenów, a przyjęcie było nieco bardziej hałaśliwe, niż uznano by za stosowne w londyńskich salonach. Ale kto by ich strofował, skoro aplauz prowadzili hrabia i markiz?

Florence Wilson po występie znów zamknęła się w swojej skorupie, siadając blisko matki, ale Fiona puszyła się, obsypywana pochwałami za swój śpiew. Marianne dołączyła swoje komplementy do ogólnych pochwał, ale w jej piersi tlił się maleńki żar zazdrości, gdy Alexander ucałował dłoń dziewczyny i oświadczył, że ma głos anioła.

To nie w porządku, że jestem zazdrosna, próbowała stanowczo sobie powiedzieć Marianne. Powinna się cieszyć, że Alexander zamierza się ożenić; w końcu zasługiwał na szczęście. A mógłby trafić znacznie gorzej niż wybierając jedną z młodych dam w Havers Hall; Ellen była doskonałą znawczynią charakterów.

Więc dlaczego czuła się absolutnie nieszczęśliwa, patrząc, jak panna Fiona Wilson uśmiecha się do Alexandra?

ROZDZIAŁ CZTERNASTY

To był bardzo przyjemnie spędzony wieczór, nieprawdaż, Glenkellie?

— Słucham? — Wyrwany z zamyślenia Alexander odwrócił się i zobaczył, że przemawia do niego wicehrabia Thorpington.

— Wczorajszy wieczór. Bardzo mi się podobał.

— Mnie również — przyznał Alex. Prawdę mówiąc, był mile zaskoczony; nie pamiętał, kiedy ostatnio tak dobrze się bawił. Jedyną skazą był cichy nastrój Marianne; po kolacji niewiele odzywała się w rozmowie, a jemu brakowało błyskotliwego dowcipu i trafnych spostrzeżeń, które zawsze wnosiła do towarzystwa. Mógł tylko przypuszczać, że to jego obecność ją krępowała; kilka razy podniósłszy wzrok, napotkał jej spojrzenie, a jej delikatne brwi były zmarszczone.

— Panna Alleyne jest całkiem urocza — powiedział Thorpington niemal pytającym tonem.

— Miła młoda dama — zgodził się Alex, myślami będąc całkowicie przy Marianne, ale wtedy zauważył, jak młodszy mężczyzna sposępniał. *Aha, więc w tym rzecz.* — Bardzo słodka — dodał. — Rozumiem, że jej posag jest całkiem pokaźny, jeśli pan ją rozważa, Thorpington. Rodzina bez zarzutu, biorąc wszystko pod uwagę. Sir Tobias jest bardzo poważany w Ministerstwie Wojny, nawet jeśli jego żona jest trochę... cóż, waham się, czy powiedzieć nachalna, ale z pewnością jest ambitna.

Na twarzy Thorpingtona pojawił się cierpki uśmiech. — Lady Alleyne nie dorównuje mojej matce.

— Moja też nie jest gorsza. — Alex odwzajemnił uśmiech i przez chwilę szli dalej w zgodnym milczeniu. Thomas zorganizował na ten ranek polowanie na bażanty, ale Alex i Thorpington jak dotąd nie znaleźli ani jednego ptaka, chociaż w oddali wciąż słyszeli strzały. Być może innym dopisywało większe szczęście.

— A więc, eee... — zaczął po chwili niepewnie Thorpington. — Leonora... to znaczy panna Alleyne...

— Pole jest pańskie, Thorpington. Lepiej jednak niech pan się pospieszy, nim tej damie zawrócą w głowie wszyscy zalotnicy, którzy bez wątpienia padną jej do stóp w Londynie. — Alexander skinął mu głową, chociaż wicehrabia z pewnością nie potrzebował jego pozwolenia.

— Dziękuję za pańską radę — odparł Thorpington z uśmiechem. — Ale naprawdę nie jest pan zainteresowany...?

— Jak powiedziałem, to urocza dziewczyna. Ważnym słowem jest tu *dziewczyna*. Bez urazy, ale dziewczęta w wieku panny Alleyne wydają mi się bardzo młode.

— Przecież nie jest pan jeszcze zgrzybiałym starcem!

Alex dotknął kciukiem blizny na policzku. — Wojna postarza człowieka — powiedział w końcu. — Spędziłem zbyt wiele lat na walce i czasem wydaje mi się, że z każdym rokiem spędzonym z dala od Anglii starzałem się o pięć lat. Panna Alleyne ledwo co wyszła ze szkółki, podobnie jak pańska siostra, bez urazy.

— Nie czuję się urażony. Zapewniam pana, że ona nie ma żadnych ambicji w pańskim kierunku. Jest raczej przywiązana do mojego starego szkolnego kolegi.

— Ach. — Alex skinął mądrze głową. — Dzięki za ostrzeżenie. Doceniam to. Jestem pewien, że mógłbym się w niej zakochać bez pamięci, gdybym tylko miał okazję.

Thorpington roześmiał się z jego ewidentnie nieszczerej uwagi, po czym wskazał palcem. — Tam, proszę spojrzeć!

Obaj zdecydowanie za późno podnieśli strzelby, by trafić ptaka, i Alex westchnął, opuszczając broń. — Żałosne. Dobrze, że już nie jestem zdany na moje strzeleckie umiejętności, by zarobić na kolację.

— Już nie jest pan zdany?

— Hiszpania — odparł krótko Alex, nie oferując dalszych wyjaśnień, a młodszy mężczyzna na szczęście nie nalegał.

Dawszy za wygraną, zawrócili w stronę dworu. Dom był już w zasięgu wzroku, gdy Thorpington znów się odezwał. — Czy plotkarze się mylą? Nie szuka pan żony?

— Nie, szukam — przyznał Alex. — Nie spodziewałem się, że odziedziczę tytuł, ale teraz, gdy tak się stało... cóż, następny spadkobierca po mnie nie jest kimś, komu powierzyłbyś cokolwiek, a już na pewno nie markizat odpowiedzialny za utrzymanie tysięcy ludzi. Przehulałby majątek w miesiąc.

— A więc potrzebuje pan żony, by spłodzić dziedzica, ale debiutantki są dla pańskich gustów zbyt młode? — podsumował Thorpington.

— Właśnie tak.

— W takim razie lady Creighton?

Alex potknął się i o mało nie wywinął orła na trawie, gdyby nie ręka Thorpingtona, która szybko podtrzymała go pod łokciem. — *Co* pan powiedział? — wyjąkał, odzyskując równowagę.

— Lady Creighton? — Thorpington zmarszczył czoło. — To znaczy... wszyscy mówią o tym, jak pan na nią patrzy. A jej małżeństwo było powszechnie znane jako nieszczęśliwe, ale teraz jest wdową i jest nienagannie szanowana, chyba że ma pan wątpliwości, bo nie dała Creightonowi dzieci...

— O mój Boże, proszę przestać mówić. A pomyśleć, że uważałem pana za cichego! — Alex przycisnął dłoń do czoła.

Thorpington poczerwieniał. — Tylko w obecności dam — mruknął. — Sprawiają, że czuję się głupio.

— Damy z nas wszystkich robią głupców — rzekł oschle Alex. — Zwłaszcza jeśli jesteśmy na tyle nierozsądni, by powtarzać związane z nimi plotki. — Spojrzał surowo na Thorpingtona. — Proszę już nigdy więcej nie wspominać nazwiska lady Creighton w kontekście takich plotek.

— Tak jest, milordzie. — Thorpington poczerwieniał ze wstydu. — Doprawdy przepraszam, milordzie.

Zbyt wzburzony, by zdobyć się na coś więcej niż skinienie głową, Alex wszedł po schodach do domu, oddając strzelbę Simonsowi, który czekał na niego w holu. — Dziś bez powodzenia — rzucił krótko w odpowiedzi na pytające spojrzenie lokaja.

— Jaka szkoda, milordzie. Czy zechciałby pan wejść do pokoju na buty?

Już miał wparować na schody, ale zatrzymał się w pół kroku na to pytanie. To nie był jego dom i byłoby niewybaczalnie niegrzecznie zostawić błoto na nieskazitelnych podłogach Havers Hall. Nawet jeśli Thomas zatrudniał armię służących, by utrzymać je w takim stanie.

Pozostali dżentelmeni wrócili już do domu — niosąc ze sobą niemało ptactwa, do diaska — zanim Alex zdjął buty. Niestety nie potrafił znaleźć zgrabnego sposobu, by uniknąć zaproszenia Thomasa do pokoju bilardowego, gdy już się odświeżył. Simons miał w jego pokoju przygotowaną wodę do mycia i ubranie na zmianę, więc wkrótce był gotów, by zejść na dół.

— Przepraszam, lordzie Glenkellie — zagadnął go Allsopp w holu głównym. — Właśnie dotarł do pana list. — Podano mu srebrną tacę.

Alex zmarszczył brwi, podnosząc zapieczętowany list. — O Boże, to od mojej matki — powiedział ze zgrozą, przyglądając się odciskowi w wosku.

— Aż tak źle? — zapytał Thomas, schodząc za nim po schodach.

Łamiąc pieczęć, Alex skrzywił się. — Prawdopodobnie.

— Wejdź do mojego gabinetu, żeby go przeczytać, jeśli chcesz. — Thomas wskazał gestem.

Alex przyjął zaproszenie, opadając na krzesło przy oknie, by przyjrzeć się pismu matki, tak fantazyjnie zawiniętemu i ozdobionemu, że ledwo czytelnemu.

Mój Drogi Alexandrze,

Jestem wielce przygnębiona, że nie zastałam Cię w Londynie.

— Chryste, ona jest w Londynie!

Thomas, przeglądając jakieś papiery na biurku, stłumił parsknięcie na pełen przerażenia ton Alexa. Alex zignorował go i czytał dalej.

Planowałam spędzić z Tobą trochę czasu, zanim w kwietniu wyjadę do Włoch. Kiedy wrócisz do miasta, możemy rozpocząć Twoje polowanie na żonę. W tym roku wydaje się być całkiem obiecujący urodzaj debiutantek; chociaż niektóre z nich spędzają Boże Narodzenie na wsi, już widziałam kilka, które by Ci odpowiadały. Napisz proszę, kiedy mam się Ciebie spodziewać.

Twoja kochająca

Matka

— Do cholery! — powiedział Alex, a potem uznał, że to zdecydowanie za słaby wykrzyknik. Wypuścił z siebie potok przekleństw, które sprawiły, że oczy Thomasa rozszerzyły się ze zdumienia.

— Glenkellie! Co, na litość boską, się stało?

— Muszę jechać do Londynu. — Rzucając list z obrzydzeniem w ogień, Alex potrząsnął głową. — W przeciwnym razie do końca tygodnia moja matka umieści w gazetach ogłoszenie o moich zaręczynach.

— Zaręczynach z *kim*? — zapytał kompletnie zdezorientowany Thomas.

— Z kimkolwiek, kogo uzna za najlepszą dla mnie kandydatkę. — Alex skrzywił się. — Moja matka to, obawiam się, istna siła natury. Pozostawienie jej bez nadzoru w Londynie to proszenie się o kłopoty. W Glenkellie nie miała tak szerokiego kręgu znajomych, by pomagać jej w knowaniach, a jest w stanie wybrać dla mnie narzeczoną i poinformować mnie o tym, gdy już wszystko uzgodni z rodziną panny. Obawiam się, że muszę jechać, choćby po to, by uniknąć pozwu o niedotrzymanie obietnicy, którą mogłaby złożyć w moim imieniu.

— Oczywiście, ale będzie nam brakowało twojego towarzystwa. Zostań przynajmniej jeszcze jedną noc; jest już południe, a zanim się spakujesz, będzie prawie ciemno. Wyjedź o świcie.

Thomas miał oczywiście rację. Z udręczonym westchnieniem Alex skinął głową w podzięce. — Przepraszam, że zakłócam twoje plany — i naprawdę żałuję, że muszę opuścić twoje przyjęcie. Od dawna nie bawiłem się tak dobrze.

— Miło to słyszeć, a nam będzie brakować twojego towarzystwa. Cieszę się, że zostajesz przynajmniej na dzisiejszą noc; będziesz mógł osobiście przeprosić Ellen. Byłaby bardzo niezadowolona, gdybyś wymknął się bez słowa pożegnania.

— Nie śmiałbym. — Alexowi udało się uśmiechnąć. — Wrócę do swoich pokoi, jeśli nie masz nic przeciwko, i zlecę Simonsowi pakowanie. Dołączę do was przed kolacją.

— Oczywiście. Daj znać Allsoppowi, jeśli czegoś potrzebujesz.

— Dziękuję — rzekł Alex.

Thomas skinął głową, kierując się w stronę drzwi, po czym zatrzymał się, jakby uderzyła go nagła myśl. — Właściwie, skoro wybierasz się do Londynu, zastanawiam się, czy mógłbym cię prosić o pomoc w pewnej sprawie?

— We wszystkim, w czym mogę ci pomóc, wystarczy poprosić — odparł szczerze Alex.

— Technicznie rzecz biorąc, to nie dla mnie. Marianne, czyli lady Creighton, ma trochę biżuterii, którą chciałaby sprzedać, kupionej dla niej przez zmarłego męża. Zaoferowałem jej pomoc w pozbyciu się jej za uczciwą cenę, ale nie wiedziałbym, od czego zacząć, poza zabraniem jej z powrotem do jubilerów, u których została kupiona. Myślisz, że mógłbyś w tym pomóc?

— Moja matka z pewnością by mogła, nawet jeśli ja bym nie potrafił — odparł cierpko Alex. — Zawsze lubiła błyskotki.

Thomas roześmiał się, wyjął klucz z kieszeni i otworzył szafkę, po czym wyjął sporych rozmiarów drewniane pudełko i postawił je na biurku. — Wszystkie mają dowody pochodzenia, dzięki czemu Marianne je posiada. Creighton zaznaczył, że należą konkretnie do niej, a nie są własnością majątku Creightonów. Mimo to mój agent musiał praktycznie wyrwać je nowemu hrabiemu. To typ sknery.

Przeglądając plik rachunków, które wręczył mu Thomas, Alex skinął głową. — Rozumiem. I Mari... lady Creighton nie chce zatrzymać żadnej z nich?

— Podejrzewam, że nie może na nie patrzeć. Zresztą potrzebuje pieniędzy; Creighton nie zostawił jej żadnego dochodu wdowiego, a nowy hrabia najwyraźniej wolałby trzymać ją na swojej łasce. Chce ją jako nieodpłatną towarzyszkę dla swojej żony i córek.

Zdegustowany tą kolejną zniewagą dla godności Marianne, Alex skrzywił się. — Oczywiście, zrobię wszystko, co w mojej mocy, by pomóc. Chcesz, żebym tylko zapytał o ceny, czy mam sprzedawać, jeśli uznam, że osiągnąłem najlepszą cenę za dany klejnot?

— Użyj własnego osądu. Marianne nie ma grosza przy duszy i nie przyjmie pieniędzy ode mnie ani od Ellen —

tak, oboje próbowaliśmy. Wiesz, że jej siostrzenice zebrały, co miały, i dały jej, żeby mogła kupić bilet na dyliżans i tu przyjechać? Ostatni odcinek drogi przeszła *pieszo*. — Thomas był wyraźnie oburzony w imieniu Marianne, a i w Alexandrze na nowo wzbierała złość. — Nigdy nie zrozumiem, dlaczego ludzie nie traktują rodziny przyzwoicie, zwłaszcza gdy mają więcej niż wystarczająco bogactwa, by się nim dzielić! Mój poprzednik był równie zły; odmówił nawet uznania Ellen za swoją daleką kuzynkę i wyrzucił ją bez dachu nad głową, gdy jej rodzice zmarli!

— Spokojnie. — Alex położył dłoń na ramieniu Thomasa. — Ty i Ellen wykonujecie bożą robotę, wierz w to. Marianne ma szczęście, że ma tak wspierających przyjaciół.

— Zauważyłem, że ty też nazywasz ją Marianne — powiedział Thomas z chytrym spojrzeniem z ukosa. — A znasz ją zaledwie od kilku dni.

— Znałem ją o wiele lepiej wiele lat temu. Właściwie chciałem się z nią ożenić. Jej ojciec miał inne plany.

— A teraz?

— Słucham? — Alex zamrugał.

— Co cię teraz powstrzymuje? Jest szanowaną wdową, a ty szukasz żony.

— Ona nie szuka męża, oto co. Przestań swatać, Thomas. Jesteś w tym okropny.

Thomas roześmiał się. — Warto było spróbować. Tak się składa, że myślę, iż pasowalibyście do siebie. Ona się ciebie nie boi, a ty... cóż, nie potrzebujesz bogatej żony.

— Przyznaję, że słyszałem gorsze powody do swatania dwojga ludzi. Niewątpliwie wybory mojej matki będą gorsze, o wiele gorsze, więc dziękuję ci, że przynajmniej rozważyłeś, jak ta partia mogłaby przynieść korzyść nam obojgu. — Alex uśmiechnął się, by pokazać Thomasowi, że nie czuje się urażony. — Mimo to myślę, że Marianne ceniłaby sobie moją przyjaźń znacznie bardziej niż to drugie, więc proszę, nie podsycaj żadnych spekulacji. — Podnosząc drewniane pudełko i wkładając klucz, który podał mu Thomas, do kieszeni kamizelki, ślubował: — Uzyskam za jej klejnoty najlepsze możliwe ceny. Prawdziwy przyjaciel nie zrobiłby mniej.

ROZDZIAŁ PIĘTNASTY

Londyn, połowa stycznia

— CIOTKO MARIANNE!

Marianne ledwo powstrzymała śmiech, gdy Diana i Clarissa chciały się na nią rzucić, zanim w ostatniej chwili przypomniały sobie, że są już młodymi damami i powinny zachowywać się z godnością. Prawie się o siebie potknęły, łapiąc się nawzajem dla utrzymania równowagi. Dziewczęta zatrzymały się niezdarnie, wyprostowały i wykonały pełne gracji dygnięcia, choć efekt został raczej zepsuty przez to, co je poprzedziło.

Lavinia, siedząca przy kominku w salonie rezydencji Creightonów, przewróciła oczami. — Dziewczęta! — rzuciła z niesmakiem. — Uspokójcie się, proszę! To nie wieś! A co, gdyby Marianne towarzyszyła jej przyjaciółka, lady Havers?

— Owszem — odparła Ellen z uśmiechem, wchodząc do pokoju za Marianne. — Proszę wybaczyć, że pani kamerdyner nas nie zapowiedział, lady Creighton. Obawiam się, że zajmował się sprawą związaną z jedną z pani młodszych córek. Coś o jakimś bezpańskim psie?

Usta Lavinii zacisnęły się, ale wstała. — Niezmiernie miło mi wreszcie panią poznać, lady Havers. Pozwolę sobie przedstawić moje córki, lady Dianę i lady Clarissę.

— Bardzo mi miło was wszystkie poznać — powiedziała Ellen z jednym ze swoich rozbrajająco przyjaznych uśmiechów. — Ale proszę, nie bądźmy wobec siebie takie formalne. Marianne tak wiele mi o was opowiadała, że czuję, jakbym was już znała. Musisz mówić mi Ellen, a ja będę ci mówić Lavinia.

— Ja... cóż... oczywiście. — Lavinia wyglądała, jakby wolała, żeby było inaczej, ale hrabstwo Havers było bardzo stare i zamożne, nawet jeśli obecny posiadacz tytułu był amerykańskim dorobkiewiczem, a Ellen jedynie córką wiejskiego pastora. Ellen Havers była również powszechnie znana z doskonałych stosunków z co najmniej dwiema patronkami Almack's, co czyniło ją kimś, kogo Lavinia nie śmiała urazić.

— Wspaniale! Usiądźmy, urządzimy sobie pogawędkę i poznamy się lepiej.

Marianne z rozbawieniem patrzyła, jak Ellen zajmuje miejsce tuż obok Lavinii. Dawniej nieśmiała córka pastora w ciągu ostatniego roku stała się damą budzącą podziw, pewną swojej pozycji i wpływów.

— Zadzwonisz po herbatę, Clarissa? — poprosiła Marianne, widząc, że Lavinia wydaje się nieco zagubiona. Clarissa pospiesznie pociągnęła za sznur dzwonka, a potem obie dziewczynki postarały się zaciągnąć Marianne na kanapę dość oddaloną od miejsca, gdzie Ellen całkowicie pochłaniała uwagę ich matki.

— Jak długo jesteście w Londynie? — zapytała Marianne. — My przyjechałyśmy dopiero wczoraj, a Ellen natychmiast wysłała jednego ze swoich lokajów, by sprawdził, czy jesteście już w mieście. Tak się ucieszyłam, słysząc, że tak.

— Jutro minie tydzień — odparła Diana. — I już odwiedziłyśmy muzeum, bibliotekę i spędziłyśmy całe dwa dni na Bond Street, gdzie mierzono nam nowe suknie.

Clarissa skrzywiła się na wspomnienie tego ostatniego. — Nigdy w życiu tak się nie nudziłam ani nie pokłuto mnie tyle razy szpilkami.

— Bo nie mogłaś przestać się wiercić — odparła Diana z drwiącym uśmieszkiem. Clarissa zmrużyła oczy.

Marianne uśmiechnęła się, kładąc dłoń na nadgarstku każdej z dziewcząt, by odwrócić ich uwagę. *Są jeszcze takie młode*, pomyślała, a siostrzana rywalizacja często wybuchała między nimi, mimo że były też najlepszymi przyjaciółkami. Nie miały pojęcia, jakie miały szczęście. Ile by dała za siostrę, której mogłaby się zwierzyć!

— Jesteśmy tu zatem, by zapytać, czy dołączycie do nas jutro wieczorem w teatrze. Ellen nalegała, byśmy przyszły osobiście z zaproszeniem, a ja z radością się zgodziłam. Mam wielką nadzieję, że twoja matka je przyjmie.

Obie dziewczynki natychmiast zapomniały o sprzeczce i uśmiechnęły się z zachwytem, prześcigając się w okrzykach, jak łaskawa jest lady Havers, że uwzględniła je w swoim zaproszeniu.

— Powiedz, że możemy iść, mamo! — zawołała Clarissa.

Lavinia zacisnęła usta. — Nie zostałaś jeszcze wprowadzona do towarzystwa, Clarissa — powiedziała surowo.

— Ależ to opera, nie bal — odparła spokojnie Ellen. — Jest całkowicie dopuszczalne, by dziewczyna w wieku Clarissy, która nie została jeszcze wprowadzona, bywała na *niektórych* wydarzeniach towarzyskich, wiesz. Uważam, że to doskonała praktyka przed jej własnym sezonem. Prywatne przyjęcia, publiczne wydarzenia, takie jak opera czy wystawy, a nawet pikniki, gdy pogoda się poprawi. Oczywiście nie może być jeszcze adorowana, ale myślę, że to bardzo niesprawiedliwe, by młodsze siostry były całkowicie wykluczone z zabawy. Ile lat mają twoje młodsze dzieci?

— Nasz syn Charles ma piętnaście lat, Lucinda czternaście, a Penelope dwanaście — odparła Lavinia z pewną niechęcią. — Mam nadzieję, że nie sugerujesz, że mamy zabierać *ich* do opery!

— Oczywiście, że nie! — Ellen wyglądała na zszokowaną. — Wieczorne wydarzenia absolutnie nie wchodzą w grę. Niemniej jednak zamierzam zorganizować piknik i kilka lunchów w dalszej części roku i mam nadzieję, że je ze sobą przyprowadzisz.

— Ja uczestniczyłam w wielu wydarzeniach od mniej więcej dziesiątego roku życia, kiedy mieszkałyśmy w Londynie — wtrąciła Marianne. — Oczywiście w towarzystwie mojej guwernantki. Znalazłaś już kogoś odpowiedniego, Lavinio? — Nie zaszkodziło podkreślić, że nie będzie dostępna na zawołanie Lavinii. Nie zdziwiłaby się, gdyby Lavinia próbowała jej podrzucić młodsze dziewczynki na różnych wydarzeniach, a chociaż od czasu do czasu nie miała nic przeciwko opiekowaniu się Clarissą i Dianą, nie zamierzała siedzieć przy stoliku dla dzieci.

— Arthur i ja przeprowadzaliśmy w tym tygodniu rozmowy z kandydatkami — powiedziała Lavinia nadąsanym tonem. — Zaproponowaliśmy posadę odpowiedniej kandydatce, zaczyna w poniedziałek.

— Doskonale — stwierdziła Marianne z kiwnięciem głowy, wpatrując się w oczy Lavinii, dopóki druga kobieta nie zarumieniła się i nie odwróciła wzroku.

— Zamierzasz więc zostać z państwem Havers, ciotko Marianne? — mruknęła Clarissa, gdy Ellen zadała Lavinii kolejne pytanie, kończąc niezręczną ciszę.

— Przynajmniej na razie. Chociaż tęsknię za wami, dziewczynki, obawiam się, że mieszkanie w domu waszych rodziców nie było dla mnie komfortową sytuacją.

Diana ze współczuciem ścisnęła jej dłoń. — Całkowicie rozumiemy — powiedziała cicho. — Mama i tata zmienili się, odkąd tata odziedziczył hrabstwo. Nie wolno nam już spotykać się z naszymi przyjaciółkami, dziewczętami, z którymi chodziłyśmy do szkoły, ponieważ nie są wystarczająco wysoko postawione. Wszyscy inni są teraz gorsi, tylko z powodu przypadku urodzenia.

Marianne potrząsnęła głową z niecierpliwym westchnieniem. — Głupota — mruknęła. — Jeśli twoja matka będzie traktować każdego bez tytułu jako kogoś gorszego, szybko narobi sobie wrogów wśród najpotężniejszych ludzi w Londynie.

— Jest zdeterminowana, żeby Diana poślubiła co najmniej hrabiego — powiedziała Clarissa. — Sporządza listy wszystkich nieżonatych parów w Londynie.

— Niektórzy z nich są starsi od taty! — Przerażenie Diany było szczere.

Marianne uścisnęła dłoń siostrzenicy, wstrząśnięta do głębi na myśl, że historia może się powtórzyć. — Nie pozwolę, żebyś została zmuszona do małżeństwa z żadnym mężczyzną, którego sama nie wybierzesz. Żadna z was — oświadczyła z pasją. — Przysięgam.

— Jakże tu wspaniale! — szepnęła Diana, ściskając ramię Marianne, gdy zajmowały miejsca w pierwszym rzędzie loży państwa Havers. Lavinia usiadła po drugiej stronie Diany, próbując ukryć własny zachwyt, gdy rozglądała się po jasno oświetlonym teatrze i błyszczącym tłumie zajmującym miejsca. Clarissa siedziała na końcu ze złożonymi skromnie na kolanach dłońmi, ale jej oczy błyszczały z zainteresowania, gdy chłonęła wszystko wokół.

Ellen nalegała, aby Marianne i jej siostrzenice zajęły pierwszy rząd, podczas gdy ona sama usiadła z tyłu z Thomasem i Arthurem. Tylko Marianne zdawała sobie sprawę, że dla Ellen nie było żadnym poświęceniem siedzenie obok Thomasa i trzymanie go za rękę przez całe przedstawienie, zamiast siedzieć w pierwszym rzędzie pod pełną obserwacją zainteresowanej publiczności.

Marianne dostrzegła już wielu znajomych, z których sporo machało i uśmiechało się. Zbyt wielu mężczyzn – wahała się nazwać ich dżentelmenami – spośród jej znajomych spoglądało na jej niebieską suknię z niebiesko-srebrną peleryną, uśmiechając się do niej zachęcająco. Wzdychając, psychicznie przygotowała się na propozycje, na których odrzucanie, delikatne i mniej delikatne, bez wątpienia będzie musiała zmarnować zbyt wiele czasu. Przynajmniej pobyt u Haversów zapewni jej ochronę przed najbardziej natrętnymi, którzy mogliby być skłonni nalegać, gdyby miała własny dom.

— Znasz tego dżentelmena, ciotko Marianne? — zapytała wtedy Diana.

— Nie wskazuj palcem, kochanie. — Marianne złapała dłoń Diany, gdy ta unosiła się w górę, i przycisnęła ją z powrotem do jej kolan. — Po prostu wskaż wzrokiem i opisz go.

— Loża naprzeciwko — powiedziała Diana, rumieniąc się, że prawie popełniła gafę. — Ten wysoki, przystojny dżentelmen z blizną, w niebieskim surducie w loży dokładnie po drugiej stronie teatru. Jest z nim starsza dama w bordowej sukni; ma mnóstwo piór we włosach.

— Och! — Marianne uśmiechnęła się, widząc Alexandra, który stał w swojej loży, patrząc prosto na nią. — To Alexander Rotherhithe, markiz Glenkellie, i chociaż jej nie znam, to musi być jego matka, markiza wdowa.

— *Markiz?* — Diana wyglądała, jakby miała zemdleć.

Lavinia natychmiast przechyliła się przez nią. — A czy jest obecna markiza Glenkellie, ciotko?

— Nie — odparła Marianne i uczciwość zmusiła ją do przyznania: — Wierzę jednak, że rozgląda się za żoną. Dopiero niedawno odziedziczył tytuł; spędził sporo lat w armii i na kontynencie.

— I do tego bohater wojenny? — Lavinia wyglądała na zachwyconą. — Musisz nas przedstawić podczas antraktu, ciotko!

Marianne została wybawiona od odpowiedzi przez Ellen, która pochyliła się do przodu i powiedziała: — Muszę zgłosić wcześniejsze roszczenie, Lavinio; chcę cię przedstawić Sarah Child Villiers, lady Jersey. Widzę ją tu dziś wieczorem i musimy zwrócić się do niej o vouchery do Almack's.

— Och, tak, to nieskończenie ważniejsze — powiedziała Marianne, z ulgą, że Ellen wkroczyła, by odwrócić uwagę Lavinii. — Glenkellie'ego możesz poznać innym razem, ale będziesz miała tylko jedną okazję, by zrobić dobre pierwsze wrażenie na lady Jersey.

Na szczęście to sprawiło, że Lavinia pogrążyła się w nerwowym milczeniu, gdy kurtyna poszła w górę i rozpoczął się spektakl.

Podczas antraktu Ellen bez zwłoki pospieszyła z Lavinią na spotkanie z lady Jersey, prosząc Thomasa i Arthura o przyniesienie przekąsek, a Marianne o pozostanie w loży z Dianą i Clarissą – prośbę, którą Marianne z wielką chęcią spełniła.

Skinąwszy na Clarissę, by przysunęła się o jedno miejsce bliżej, by mogły się słyszeć ponad gwarem publiczności, Marianne zapytała dziewczęta, jak im się podoba sztuka, i z pobłażaniem słuchała ich ożywionej paplaniny.

Kiedy drzwi za nią się otworzyły, obejrzała się, zakładając, że to Thomas i Arthur wracają. Jednakże wysoką postacią wchodzącą do loży w towarzystwie damy w bordowej sukni z masą piór we włosach był Alexander.

ROZDZIAŁ SZESNASTY

Dostrzeżenie Marianne w teatrze było prawdziwym łutem szczęścia. Thomas przysłał notkę, w której informował Alexa, że państwo Havers przybyli do Londynu, lecz ten był całkowicie pochłonięty interesami i spotkaniami z matką — która była absolutnie zdeterminowana, by zobaczyć go żonatym, zanim w kwietniu wyjedzie do Włoch. Ledwie ośmielał się zostawiać ją samą, w obawie, że obieca jego rękę jakiejś pustogłowej pannicy.

Biżuterię Marianne spieniężono z zaskakującą łatwością. Dom jubilerski Garrard z przyjemnością w tym pomógł, informując go, że były hrabia Creighton zawsze pragnął dla swej żony najbardziej niezwykłych i kolekcjonerskich okazów, z których wiele zyskało na wartości. Polecili mu agenta, który szybko znalazł nabywców na niemal wszystkie sztuki, w niektórych przypadkach uzyskując cenę znacznie przewyższającą pierwotną wartość zakupu. Alex zaangażował pana Couttsa do otwarcia rachunku bankowego na nazwisko Marianne, na który wpłacił wszystkie pieniądze, i nie mógł się doczekać, by przekazać jej dobre wieści.

Dlatego też w antrakcie nalegał, by matka towarzyszyła mu w odwiedzinach w loży państwa Havers. Zaintrygowana możliwością poznania amerykańskiego hrabiego, o którym słyszała, że wywracał Parlament do góry nogami swoimi radykalnymi poglądami, zgodziła się.

Mimo iż zobaczył Thomasa w korytarzu, Alex tylko skinął mu głową i minął go bez słowa. Właśnie przyszło mu do głowy, że jego matka, choć bywała nieznośna, mogła w gruncie rzeczy okazać się jego najlepszą sojuszniczką w przekonaniu Marianne, że małżeństwo może jej odpowiadać. Zwłaszcza jeśli panem młodym miałby być Alexander. Jeśli ostatnie dwa tygodnie, podczas których paradował przed każdą zdatną do zamęścia młodą damą w Londynie, czegoś go nauczyły, to tego, że Marianne wciąż była jedyną kobietą, która mogłaby go uszczęśliwić. Czy on zdoła uszczęśliwić ją, to się dopiero okaże, ale był gotów poświęcić resztę życia na próby.

Zaskoczony wyraz twarzy Marianne, gdy wstała i dygnęła, natychmiast sprawił, że Alex zaczął się zastanawiać, czy nie powinien był poczekać z przedstawieniem jej swojej matki. — Lady Creighton. — Ukłonił się formalnie. — Matko, pozwól, że ci przedstawię Marianne, lady Creighton. Lady Creighton, moja matka, lady Helena, markiza wdowa Glenkellie.

— Lady Glenkellie. — Marianne dygnęła niżej, z większym szacunkiem.

— Jest pani wdową czy tą nową? — zapytała bez ogródek lady Helena Glenkellie.

Usta Marianne drgnęły lekko, a Alex wiedział, że powstrzymała śmiech. — Jestem wdową, pani markizo. Moja siostrzenica, hrabina, właśnie wyszła z lady Havers, aby spotkać się, jak sądzę, z lady Jersey.

— Ach, Sarah. — Matka Alexa uśmiechnęła się z wyższością. — Potrzebujecie rekomendacji, prawda? Dla tych dwóch panienek czy dla siebie?

— Lady Jersey jest już moją przyjaciółką, pani markizo. Proszę pozwolić, że przedstawię pani lady Dianę Creighton i lady Clarissę Creighton — powiedziała Marianne, a obie dziewczęta złożyły głębokie ukłony z wyrazem podziwu na twarzach. — Nazywam je siostrzenicami; jest to prostsze niż wyjaśnianie zawiłości naszych prawdziwych relacji. Diano, Clarisso, oto lord Glenkellie i lady Helena Glenkellie.

— Obie jesteście już wprowadzone do towarzystwa? — Matka Alexa przyjrzała się obu dziewczętom krytycznym okiem. Alex mógłby jej odpowiedzieć na podstawie ich strojów; podczas gdy Diana miała na sobie piękną białą suknię z bladym srebrnym paskiem, idealną dla debiutantki, granatowa suknia Clarissy w drobne białe kropki była znacznie prostsza i skromniejsza.

— Lady Diana wchodzi w tym sezonie na salony — odparła Marianne. — Clarissa ma dopiero siedemnaście lat i poczeka do przyszłego roku, chociaż rodzice pozwalają jej uczestniczyć w niektórych spotkaniach towarzyskich, by nabrała doświadczenia.

— I bardzo mądrze. — Lady Glenkellie rzuciła jeszcze jedno spojrzenie na Clarissę, po czym wyraźnie ją zignorowała i skupiła całą uwagę na Dianie. Wydawało się, że to, co zobaczyła, przypadło jej do gustu, ponieważ spojrzała na

Alexa i uśmiechnęła się. — Czy wybiera się pani w piątek na bal u Balfordów, lady Diano?

— Nie sądzę, abyśmy zostały zaproszone, pani markizo — odparła Diana cichym głosem, spoglądając nerwowo na Marianne.

— Dopilnuję, aby otrzymały panie zaproszenie. Księżna Balford jest moją serdeczną przyjaciółką. — Lady Glenkellie skinęła władczo głową.

— To niezwykle hojne z pani strony, pani markizo. — Marianne ponownie dygnęła, a Diana i Clarissa poszły w jej ślady.

Markiza wdowa spojrzała z powrotem na Marianne i mrugnęła, jakby niemal zapomniała o jej obecności. — Tak. Cóż. Przypuszczam, że zobaczymy się tam, prawda, Alexandrze?

— Z wielką niecierpliwością na to czekam — odrzekł Alex z uśmiechem skierowanym do Marianne.

— Powinieneś poprosić lady Dianę o taniec już teraz. Bez wątpienia wkrótce otoczy ją rój gorliwych młodzieńców i nie zdążysz się nawet do niej zbliżyć.

Alex ze zdziwieniem spojrzał na matkę. *Zupełnie źle mnie zrozumiała*, pomyślał. — Ach… tak — powiedział, zaskoczony tym niespodziewanym manewrem. — Lady Diano, czy mógłbym prosić panią o taniec na balu u Balfordów?

— O *pierwszy* taniec — naciskała jego matka.

Diana spojrzała na Marianne z szeroko otwartymi oczami. Marianne skinęła głową zachęcająco.

— Byłabym zaszczycona, lordzie Glenkellie — powiedziała nieśmiało dziewczyna, oblewając się szkarłatnym rumieńcem.

— Doskonale. Rozumiem, że nie będziemy mieli przyjemności pani towarzystwa, lady Clarisso?

— Z przykrością muszę przyznać panu rację. — Clarissa uśmiechnęła się do niego, najwyraźniej nieco mniej nieśmiała niż jej starsza siostra. — Bale są dla mnie w tym roku absolutnie wykluczone, obawiam się.

— Towarzystwo na tym traci. — Alexander skłonił jej głowę. — W takim razie, Marianne, czy mógłbym prosić cię o zaszczyt *drugiego* tańca?

Marianne wyglądała na kompletnie zaskoczoną. Diana i Clarissa były wyraźnie zachwycone, a jego matka — jego matka odwróciła się do niego z szeroko otwartymi z szoku ustami.

— Alexandrze, co ty *robisz*? — zażądała odpowiedzi.

— Proszę uroczą damę, którą uważam za dobrą przyjaciółkę, o zarezerwowanie dla mnie tańca na balu, na którym oboje będziemy — odparł Alex, starając się brzmieć spokojnie i łagodnie, jakby taniec z Marianne nie był jedną z najbardziej pożądanych rzeczy, jakie mógł sobie wyobrazić.

— Cóż — powiedziała niepewnie Marianne. — Nie zamierzałam tańczyć...

— Ależ ciociu Marianne, ciągle nam powtarzasz, jak bardzo tęsknisz za tańcem! — wtrąciła Clarissa, a Alex posłał jej wdzięczne spojrzenie. Paskudnica puściła do niego konspiracyjne mrugnięcie, a on powstrzymał wybuch śmiechu. Ona przynajmniej doskonale wiedziała, o co mu chodzi.

— Rzeczywiście tęsknię za tańcem. — Marianne przez chwilę przygryzała dolną wargę, po czym skinęła zdecydowanie głową. — Dziś jestem panią samej siebie, niezależną od niczyjej opinii. Zatem, lordzie Glenkellie, z przyjemnością oddam panu drugi taniec na balu u Balfordów.

Alex nie mógł powstrzymać triumfalnego uśmiechu. Pocałowawszy Marianne w dłoń, ruszył za matką z loży Haversów na drugą stronę teatru, wiedząc, że gdy tylko znajdą się z dala od ciekawskich uszu, rozpocznie się przesłuchanie. Markiza wdowa Glenkellie niczego nie przegapiała.

— Co tobie strzeliło do głowy! — syknęła matka, gdy tylko ponownie usiedli w swojej loży. — Marnujesz czas, prosząc tę kobietę do tańca!

— Dlaczego to strata czasu? — Uniósł na nią brwi.

— Ponieważ potrzebujesz kogoś, kto da ci dziedzica, a ona przez osiem lat małżeństwa ani razu nie zaszła w ciążę. — Lady Helena zacisnęła usta i potrząsnęła głową.

— Matko, Creighton miał trzy żony i *żadna* z nich nigdy nie poczęła. Czy to nie sugeruje, że być może wina nie leżała po stronie żon? — Po powrocie do Londynu Alexander poświęcił czas na zbadanie przeszłości zmarłego hrabiego i był przerażony tym, co odkrył. Obie hrabiny Creighton przed Marianne nie dożyły trzydziestki, a przyczyny ich śmierci pozostały niewyjaśnione.

Ta sugestia dała jej matce do myślenia. — Mimo wszystko, lepiej nie ryzykować — powiedziała. — Powinieneś wybrać dziewczynę z rodziny o udowodnionej płodności. Jedna z tych młodszych panien Creighton będzie w sam raz, jeśli chcesz sprzymierzyć się z tą rodziną; jest ich cała gromada, jak sądzę, choć głównie dziewczęta.

— To jeszcze *dzieci*, matko.

— Jesteś od lady Diany starszy o ledwie dziesięć lat! — Mimo to zmarszczyła brwi, gdy tylko na nią spojrzał. — Jesteś więc jej pewien?

— Jeśli zechce mnie przyjąć.

— Byłaby głupia, gdyby cię nie chciała. — Markiza wdowa parsknęła wspaniale, spoglądając przez teatr na Marianne, która rozmawiała ze swoimi siostrzenicami, do których dołączyli już Thomas i Arthur. — Jest bardzo piękna, przypuszczam — powiedziała — ale jak dobrze ją tak naprawdę znasz?

Alex uśmiechnął się. — Pamiętasz moje listy do domu z Portugalii i Hiszpanii?

— Oczywiście, że pamiętam, choć były rzadkie. — Matka uderzyła go w kolano wachlarzem. — Ciągle próbowałam cię przekonać, żebyś opuścił armię i wrócił do domu, gdzie byłoby bezpiecznie, ale twoje listy były pełne opowieści o tym, jak wielką różnicę tam robisz.

— I? — naciskał. — Pamiętasz coś jeszcze, co pisałem?

— Och, były tam jakieś bzdury o tym, że nie możesz znieść myśli o powrocie do Anglii, ponieważ dziewczyna, w której byłeś zakochany, rzuciła cię i poślubiła jakiegoś bogatego starego hrabiego... — markiza urwała, a jej oczy rozszerzyły się. — *Nie*. Chyba nie masz na myśli *jej*?

— Wielmożna panna Marianne Abingdon — powiedział Alex z nostalgią. — Oboje byliśmy młodzi i naiwni, i chociaż obiecała na mnie czekać, długi hazardowe jej ojca były tak wielkie, że cennego zasobu, jakim była córka okrzyknięta najpiękniejszą dziewczyną w Londynie, nie można było zmarnować na kogoś takiego jak ja, czwartego w kolejce do tytułu, z niczym poza patentem oficerskim na swoje nazwisko.

— Och, Alex. — Oczy lady Heleny złagodniały, gdy położyła dłoń na jego dłoni. — Wcale cię nie rzuciła, prawda?

— Nie, ale do niedawna myślałem, że tak. Okazuje się jednak, że została w zasadzie sprzedana mężczyźnie trzykrotnie od niej starszemu i spędziła lata w rozpaczliwie nieszczęśliwym, a nawet pełnym przemocy małżeństwie.

— Biedna dziewczyna, jakie to okropne! — Jego matka brzmiała na autentycznie oburzoną w imieniu Marianne. — W swoich czasach też byłam jedną z wielkich piękności, a mój ojciec był wściekły, że „zmarnowałam się" na młodszego syna, ale nigdy nie zmusiłby mnie do poślubienia kogoś, kogo nie chciałam!

Lady Helena była córką księcia, a jej posag był więcej niż pokaźny. Mimo że jego ojciec był młodszym synem, Alexander zawsze wiedział, że w przyszłości czeka go znaczny spadek. Zawsze też wiedział, że jego rodzice się kochają. W istocie podejrzewał, że matka stała się trudniejsza po śmierci ojca głównie dlatego, że tak bardzo tęskniła za mężem. Lord Patrick Rotherhithe zawsze ulegał najmniejszym kaprysom swojej żony.

— Kocham ją — przyznał Alex, wiedząc, że matka jest już teraz zdecydowanie po jego stronie. — Zawsze ją kochałem i nie chcę żadnej innej za żonę. Niestety, po swoim okropnym małżeństwie, zdecydowała, że woli nie wychodzić ponownie za mąż.

— W takim razie będziemy musieli ją po prostu przekonać, prawda, kochanie? — Lady Helena poklepała go po dłoni i uśmiechnęła się. — Po prostu zostaw to mnie.

— Naprawdę wolałbym nie. — Skrzywił się na myśl o chaosie, jaki mogłyby wywołać machinacje jego matki.

Roześmiała się, niewzruszona jego brakiem zaufania. — Młodzi mężczyźni lubią sami zabiegać o względy, jak sądzę. Cóż, w takim razie poświęcę swój czas na opowiadanie jej, jak wspaniałe było moje małżeństwo i jak bardzo jesteś podobny do swojego ojca.

— To byłoby bardzo pomocne, matko — powiedział szczerze Alex.

— Bo jesteś, wiesz? — Matka sięgnęła i delikatnie dotknęła jego policzka. — Bardzo do niego podobny. Byłby bardzo dumny — podobnie jak twój dziadek, gdyby tylko miał okazję cię naprawdę poznać. Nie miej mu za złe ostatnich słów Duncana. Musisz pamiętać, że opłakiwał obu swoich synów. Z uwagą śledził każdą gazetową relację z bitew, w których walczyłeś, i za każdym razem, gdy byłeś wspomniany w rozkazach lub odznaczony medalem, wznosił toast na twoją cześć przy obiedzie.

— Naprawdę? — Zaskoczony Alex zamrugał. — Tego nie wiedziałem.

— Nigdy nie miałeś okazji go dobrze poznać, będąc w szkole, potem na uniwersytecie, a potem w armii. Szkoda, że nie znałeś go lepiej. — Jego matka spojrzała przez teatr na Marianne. — Myślę, że by ją polubił, wiesz. Powiedziałby coś w tym stylu, że z tymi rudymi włosami wygląda jak prawdziwa Szkotka.

Alex wziął matkę za rękę. — W takim razie spróbujmy ją przekonać do poślubienia członka dobrej szkockiej rodziny, dobrze?

ROZDZIAŁ SIEDEMNASTY

Marianne odkryła, że jest zupełnie niezdolna do skupienia się na reszcie sztuki. Była zbyt świadoma obecności Alexandra i jego matki, siedzących w niewielkiej odległości od niej, z głowami pochylonymi ku sobie w trakcie ożywionej rozmowy, przy czym oboje przez cały czas nie spuszczali wzroku z loży, w której zasiadała. Owdowiałej markizie wyraźnie bardzo zależało na tym, by Alexander poznał Dianę, a dla jej siostrzenicy z pewnością byłaby to dobra partia.

Mało tego, Marianne wiedziała z własnego doświadczenia, jak przyzwoitym człowiekiem jest Alexander. Z pewnością dobrze zaopiekowałby się Dianą, zadbałby o to, by niczego jej nie brakowało. Diana, ze swoim słodkim usposobieniem, nie mogłaby go nie pokochać i z pewnością zostałaby obdarzona wzajemnością.

Dlaczego więc na samą myśl o tym Marianne robiło się niedobrze?

Nie mogła oczywiście powstrzymać Diany i Clarissy przed ekscytującym opowiadaniem matce o spotkaniu markiza i jego matki oraz o zaproszeniu na bal u księżnej. Ani Clarissy przed dokuczaniem siostrze, że została poproszona o pierwszego tańca.

Lavinia ledwo mogła powstrzymać podekscytowanie, a Marianne została wychwalona pod niebiosa za umożliwienie znajomości z tak znamienitymi osobistościami. — Tańczyć z markizem na balu u księżnej! — powtarzała, jakby nie mogła w to uwierzyć. — Moja mała dziewczynka!

— Lord Glenkellie poprosił ciocię Marianne o drugiego tańca — powiedziała niewinnie Diana.

— Och, to było tylko z grzeczności — rzuciła szybko Marianne, gdy Lavinia zmarszczyła brwi. — Jesteśmy przecież starymi przyjaciółmi. Trudno, żeby *nie* poprosił. I miałaś rację, brakuje mi tańca. Niewielu dżentelmenów prosi o seta taką starą wdowę jak ja, więc będę cieszyć się okazjami, kiedy mi się trafią. — W jej głosie pobrzmiewała nuta wyzwania, gdy spojrzała Lavinii w oczy, a starsza kobieta po chwili kiwnęła głową i wzruszyła ramionami.

— Dopóki nie będziesz odwracać uwagi kandydatów Diany, wszystko będzie dobrze. — To Arthur szepnął jej zjadliwie do ucha.

Marianne zacisnęła szczękę, ale udała, że go nie słyszała i wbiła wzrok w scenę, choć prawdę mówiąc, niewiele dotarło do niej z reszty spektaklu.

Następnego ranka, gdy Ellen i Marianne jadły razem śniadanie, Ellen wyznała, że lady Jersey nie była gotowa ofiarować kart wstępu bez wcześniejszego poznania Diany. W związku z tym Ellen obiecała, że zabierze Lavinię i Dianę swoim powozem, by tego popołudnia złożyć wizytę lady Jersey i napić się z nią herbaty.

— Lady Jersey nalegała, żebym oczywiście zabrała i ciebie — powiedziała.

— Wolałabym raczej dotrzymać towarzystwa Clarissie — odparła szybko Marianne. — Może poszłybyśmy na spacer do parku.

— Unikasz lady Jersey? — Spojrzenie Ellen było niepokojąco przenikliwe. — Oczywiście, jeśli tak, nie ma sprawy. Chętnie ci pomogę, choć chciałabym wiedzieć dlaczego.

Z uczuciem ulgi, że nie musi okłamywać Ellen, Marianne powiedziała: — Myślę, że będzie próbowała namówić mnie do ponownego zamążpójścia. Uroiła sobie, że jest swatką. Tylko spójrz, ilu młodych mężczyzn próbowała rzucić ci pod nogi, a ledwo miała okazję, zanim Thomas cię usidlił!

— To prawda — przyznała Ellen. Rzuciła Marianne kolejne badawcze spojrzenie. — I jesteś całkowicie pewna, że nigdy więcej nie wyjdziesz za mąż?

— Nigdy więcej nie chciałabym być pod kontrolą żadnego mężczyzny — oznajmiła szczerze Marianne. — Będę walczyć z Arthurem, by zachować niezależność, jaką posiadam, i jeśli Bóg da, z pomocą dobrych przyjaciół, takich jak ty, Thomas i państwo Pembroke, uda mi się wieść życie na tyle dobre, by mi odpowiadało.

— Zawsze będziesz miała u nas miejsce, jeśli zechcesz — obiecała Ellen. — Jako ceniony członek rodziny, a nie zwykły gość.

Łzy wzruszenia ścisnęły Marianne za gardło. Wyciągnęła rękę, by dotknąć dłoni Ellen, a jej wyraz twarzy pełen był wdzięczności.

Tętent kopyt i turkot kół tuż za oknem przerwały tę chwilę. Obie spojrzały w stronę okna i zobaczyły powóz zatrzymujący się przed drzwiami wejściowymi.

— To herb Glenkelliech na drzwiczkach — zauważyła Ellen. — Chyba masz gościa, Marianne.

— Jest raczej za wcześnie на poranne wizyty. — Marianne potrząsnęła głową, odzyskując panowanie nad sobą. — Jestem pewna, że zjawił się tu tylko dlatego, że ma jakieś interesy do Thomasa.

Kroki w korytarzu oraz odgłos otwieranych i zamykanych drzwi gabinetu zdawały się potwierdzać jej przypuszczenia, więc obie panie wróciły do swoich grzanek i herbaty.

Jednak zaledwie kilka chwil później do pokoju wszedł Thomas. — Najmocniej przepraszam — powiedział — ale jest tu Glenkellie, by omówić z Marianne pewne sprawy biznesowe.

— Ze mną? — Marianne spojrzała na niego kompletnie zdezorientowana. — Jakie sprawy mógłby mieć do omówienia ze mną?

Ale Ellen już wstawała, mówiąc, że ma sto rzeczy do zrobienia i zostawi ich samych.

Marianne nie miała innego wyboru, jak odstawić filiżankę na bok i pójść za Thomasem do jego gabinetu, mniejszego pomieszczenia niż to w Havers Hall, ale nie mniej komfortowo urządzonego.

Alex czekał tam na nią, uśmiechając się na jej widok. — Lady Marianne. — Ukłonił się, gdy Thomas podprowadził ją do fotela, po czym obaj mężczyźni również zajęli miejsca.

— O co w tym wszystkim chodzi? — zapytała zmieszana.

— Pamiętasz, jak ci radziłem, że zleciłem Glenkelliemu sprawdzenie, co dałoby się zrobić z twoją biżuterią? — spytał Thomas.

— Och. — Starała się zapomnieć o wszystkim, co wiązało się z tą znienawidzoną biżuterią. — Tak, zdaje się, że tak. Czy są cokolwiek warte? — zapytała, zwracając się do Alexandra.

— Okazuje się, że całkiem sporo. W sumie około czterech tysięcy funtów. Wpłaciłem te pieniądze na konto w Coutts Bank na twoje nazwisko. Jeśli w dogodnym dla ciebie czasie umówisz się, by mi tam towarzyszyć, będę mógł poświadczyć panu Couttsowi, że pieniądze należą do ciebie, a wtedy będziesz mogła zrobić z nimi, co tylko zechcesz.

— Cztery *tysiące* funtów? — powtórzyła Marianne, kompletnie oszołomiona.

— W istocie, a zostało jeszcze kilka mniejszych sztuk oraz naszyjnik, który moja matka pragnie kupić jako prezent dla swojej siostry, którą zamierza w tym roku odwiedzić we Włoszech.

Całkowicie osłupiała, Marianne siedziała i mrugała, patrząc na niego, aż w końcu Thomas odezwał się: — Marianne, czy dobrze się czujesz? Zbladłaś.

— Po prostu... — Odwróciła się do niego i potrząsnęła głową. — Cztery tysiące funtów... nigdy nie spodziewałam się tak wiele!

— Jesteś całkiem niezłą partią — powiedział Thomas żartobliwie. — Wszyscy łowcy posagów będą cię ścigać, gdy się o tym dowiedzą. Bo to należy wyłącznie do ciebie, a nie jest wdowią częścią majątku, którą straciłabyś, gdybyś ponownie wyszła za mąż.

— Ale co ja mam zrobić z taką fortuną? — Mimo całego bogactwa Creightona Marianne nigdy nie nosiła w swojej sakiewce więcej niż kilka szylingów. Wszystko, co kupowała, było zapisywane na rachunek męża.

— Oboje służymy ci radą, jeśli sobie tego życzysz — powiedział Alex, a ona znów na niego spojrzała. — Albo pan Coutts mógłby przedstawić kilka propozycji, jeśli chciałabyś skonsultować się z niezależną stroną. Nawet lokując je w czteroprocentowych papierach wartościowych, uzyskałabyś dochód w wysokości około stu sześćdziesięciu funtów rocznie, co byłoby więcej niż wystarczające, by wynająć dom i utrzymać służbę, jeśli byś chciała.

— Albo możesz nadal mieszkać z nami i oszczędzać pieniądze na przyszłość — powiedział Thomas, marszcząc brwi w stronę Alexandra. — Wiem, że Ellen pragnie, byś z nami została, jako członek rodziny, a fakt, że jesteś majętną kobietą, niczego tu nie zmienia.

— Będę musiała to przemyśleć — powiedziała w końcu Marianne.

— Cokolwiek zdecydujesz, służę pomocą — rzekł Alexander. — Właściwie, jeśli ci to odpowiada, mogę cię zawieźć do banku jeszcze dziś rano.

— Myślę, że to dobry pomysł — zachęcił Thomas, a Marianne dała się namówić, by pójść po płaszcz i kapelusz oraz poprosić Jean, by jej towarzyszyła.

— Aby uniknąć wszelkich pozorów niestosowności — powiedziała pokojówce — choć oczywiście żadnej by nie było; lord Glenkellie to doskonały dżentelmen.

— Mimo to nie chce pani, żeby ludzie plotkowali, że jest pani sam na sam z mężczyzną — odparła mądrze Jean, zakładając własny płaszcz. — Wcale nie mam nic przeciwko przejażdżce eleganckim powozem, proszę pani. Nigdy wcześniej nie byłam poza Herefordshire, prawda? Londyn jest pełen cudów do zobaczenia.

Gdy Jean siedziała obok niej, pochłonięta widokami za oknem powozu, Marianne zdała sobie sprawę, że jej wzrok spoczął na Alexandrze. Wyglądał jak uosobienie eleganckiego londyńskiego dżentelmena; chociaż unikał jaskrawych kolorów noszonych przez elegantów, jego ubrania były idealnie skrojone, a ona nie wątpiła, że sam połysk jego butów był efektem ciężkiej pracy i godzin polerowania przez jakiegoś lokaja.

— Dziękuję ci za pomoc w tej sprawie, lordzie Glenkellie — powiedziała impulsywnie.

— Z przyjemnością. — Alexander uśmiechnął się do niej. — Przyznam, że byłem zaskoczony, znajdując biżuterię o takiej wartości, ale cieszę się twoim szczęściem. — Zatrzymał się na chwilę, po czym dodał: — Zapłaciłaś za nią wysoką cenę.

Nie myślała o tym w ten sposób, ale teraz, gdy to zrobiła, uśmiechnęła się krzywo. — Rzeczywiście, byłam dość droga, prawda? Pięćset rocznie... mógłby za to utrzymywać kilka kochanek, gdyby zechciał.

Alexander wyglądał na przerażonego jej nonszalancką uwagą. — Drogi Boże, nigdy tak nie mów! — wykrzyknął. — Crei... *ten człowiek* wycenił cię o wiele za tanio!

Wdzięczna, że pamiętał, iż nie lubi słyszeć nazwiska Creighton, i poruszona jego oburzeniem w jej imieniu, Marianne wzruszyła ramionami z rezygnacją. — Przyznam, że не wiem, ile zapłacił mojemu ojcu. Co najmniej kilka tysięcy, jak sądzę. Rozumiem, że jego długi hazardowe były dość znaczne.

— Dobra kobieta to perła bezcenna — powiedział Alexander, po czym pochylił się do przodu, wpatrując się w nią intensywnie. — *Miłości* dobrej kobiety nie da się kupić ani za pieniądze, ani za klejnoty, ani za nic podobnego.

Jean westchnęła cichutko obok niej, a Marianne musiała przyznać, że było to głęboko romantyczne stwierdzenie. Intensywne, błękitne spojrzenie Alexandra sprawiało jednak, że czuła się nieco nieswojo, więc mruknęła tylko: — Rzeczywiście, masz rację — po czym odwróciła głowę i spojrzała na ulice.

Pan Coutts okazał się dość starszym dżentelmenem, odkryła Marianne, po siedemdziesiątce, ale tak profesjonalnym i czarującym, jak tylko mogła sobie życzyć. Wysłuchał, jak Alexander potwierdził jej tożsamość, a następnie całą swoją uwagę poświęcił Marianne.

— Mój bank jest do pani dyspozycji, lady Creighton. Pani fundusze są obecnie zdeponowane na rachunku o minimalnym oprocentowaniu; nie zalecałbym trzymania tam jednorazowo więcej niż kwoty, której potrzebowałaby pani, powiedzmy, w okresie dwunastu miesięcy.

— Nie zdecydowałam jeszcze, w co, jeśli w ogóle, chciałabym zainwestować — przyznała Marianne.

— Kiedy pani zdecyduje, służymy pomocą. Czy życzy sobie pani wypłacić teraz jakieś środki na własny użytek?

— Decyzja należy do ciebie — powiedział Alexander, gdy się zawahała. — Może chciałabyś mieć pod ręką jakąś małą kwotę na wydatki... kilka funtów, być może? Pamiętaj, że wpłynie więcej pieniędzy, gdy reszta sprzedaży zostanie sfinalizowana, i możesz wrócić w każdy dzień otwarcia banku, by dokonać kolejnej wypłaty, jeśli zechcesz.

— Dziesięć funtów — zdecydowała Marianne. — To wystarczająca suma na drobne zakupy, jak sądzę. Gdybym chciała dokonać większego zakupu, i tak dobrze byłoby to przemyśleć dzień lub два.

— Bardzo roztropne podejście, moja pani — zaaprobował pan Coutts. — Najlepsze będą drobne banknoty, jak sądzę? Chwileczkę, a jeden z moich kasjerów dokończy transakcję.

W ciągu kilku minut Marianne chowała do retykuły mały zwitek banknotów funtowych i dziesięcioszylingowych, a także małą sakiewkę zawierającą funta w monetach. Pożegnawszy się z panem Couttsem, zabrały Jean z poczekalni, w której czekała pokojówka, i wróciły do powozu.

— Czy chciałabyś wrócić prosto na Cavendish Square, czy mogę cię zawieźć gdzie indziej? — zapytał Alexander.

Odpowiedź zajęła Marianne kilka chwil. Zdała sobie sprawę, że wciąż jest zbyt przyzwyczajona do tego, że inni dyktują jej każdy ruch; potrzeba proszenia o pozwolenie, by gdziekolwiek pójść lub cokolwiek zrobić, zakorzeniła się w niej zbyt głęboko.

— Chciałabym gdzieś pojechać, tak — powiedziała w końcu. — Czy miałbyś może czas, by pójść ze mną na spacer?

— Z wielką przyjemnością — odparł bezzwłocznie Alexander. — Choć dziś jest zimno, jest całkiem sucho. Park Świętego Jakuba nie jest daleko stąd, zaraz za The Strand?

Pytał, a nie mówił jej, dokąd powinni się udać, jego dłoń była wyciągnięta, by pomóc jej wsiąść do powozu, a woźnica czekał na jej polecenie.

Marianne ogarnęło upajające uczucie, przypływ lekkości, prawie jakby unosiła się w powietrzu. — Bardzo chciałabym pojechać do Parku Świętego Jakuba. Czy moglibyśmy może zatrzymać się w piekarni, żeby kupić trochę chleba? Zawsze lubiłam tam karmić kaczki.

— Słyszałeś lady Marianne — zwrócił się Alexander do woźnicy, podając Jean rękę, by wsiadła za swoją panią — piekarnia, a potem park. Głodne kaczki czekają!

ROZDZIAŁ OSIEMNASTY

Przybywszy z powrotem do miejskiej rezydencji Haversów w ubłoconych bucikach i z policzkami zaróżowionymi od zimna, Marianne nie mogła zetrzeć z twarzy szerokiego uśmiechu, gdy w towarzystwie Jean wchodziła na górę, by się przebrać.

— Wyglądasz na zadowoloną z siebie — powiedziała Ellen, gdy spotkały się na półpiętrze. — Podobała ci się wycieczka?

— Karmiłam kaczki! — odparła Marianne, śmiejąc się, gdy zdała sobie sprawę, że brzmi jak podekscytowane dziecko.

Wyraz twarzy Ellen był jednocześnie zdziwiony i rozbawiony. Przechyliła lekko głowę i powiedziała:

— To rzeczywiście brzmi jak dobra zabawa. Idziesz ze mną dziś po południu?

— Och, czemu nie. Jeśli tego nie zrobię, lady Jersey i tak zjawi się tu, by się ze mną zobaczyć, i pewnie przyprowadzi ze sobą gromadkę potencjalnych zalotników. Przynajmniej jeśli pójdę, będę mogła jej uświadomić, jak ważne jest, aby dobrze wydać Dianę za mąż. — Wciąż w dobrym nastroju

Marianne odsunęła od siebie wcześniejsze obawy. — Kiedy chcesz iść?

— Czy pół godziny wystarczy ci, żeby się odświeżyć?

— Z łatwością!

Ellen uśmiechnęła się, wyraźnie zachwycona radosnym nastrojem Marianne.

— Poproszę kucharkę, żeby przysłała ci na górę lekki lunch, może jakąś zupę?

— Z przeproszeniem, milady, ale już przekazałam polecenie do kuchni. — Jean dygnęła.

— Dobra z ciebie dziewczyna, Jean. Cieszę się, że Marianne ma kogoś tak oddanego jej wygodzie — pochwaliła Ellen, a Jean zarumieniła się, spuszczając nieśmiało głowę.

— Jean jest cudowna i zamierzam ci ją wykraść — powiedziała Marianne. — Teraz, gdy mam kontrolę nad własnymi funduszami, mam nadzieję, że zgodzi się przyjąć na stałe posadę mojej osobistej pokojówki.

Oczy Jean zalśniły od powstrzymywanych łez, gdy dygnęła ponownie, tym razem głębiej.

— Och, milady. Jestem zaszczycona. Ale czy nie chce pani jednej z tych prawdziwych francuskich pokojówek?

— Dobra angielska dziewczyna w zupełności mi wystarczy — odparła jej Marianne.

— W takim razie powinnaś przyjąć ofertę lady Marianne z moim błogosławieństwem — oświadczyła Ellen.

Jean nie należała do osób, które bez końca powtarzają podziękowania, za co Marianne była jej wdzięczna, gdy udały się do jej pokoi. Wkrótce napalono w kominku, zdjęto ubłocone buty i wilgotną suknię Marianne, przygotowano świeże rzeczy do przebrania, a z kuchni przyniesiono tacę z lekką przekąską, by zaspokoić jej głód.

— Kiedyś traktowałam taką obsługę jako coś oczywistego, być może dlatego, że świadczono ją z taką niechęcią — mruknęła Marianne, gdy Jean wzięła szczotkę i zaczęła czesać jej włosy. — A teraz jestem niemal przytłoczona wdzięcznością za dobroć lady Havers i twoją troskliwą opiekę, Jean.

— Lady Havers mówi o tobie same dobre rzeczy, milady — powiedziała Jean, podpinając niesforny lok. — A jeśli o mnie chodzi, to przyjemność opiekować się tobą i wszystkimi twoimi ślicznymi rzeczami. Masz dla wszystkich tylko dobre słowo. Proszę mi wierzyć, służba dobrze wie, kto nie ma tak słodkiego usposobienia.

— Jestem tego pewna. — Marianne zawahała się, po czym uznała, że może równie dobrze zapytać. — Czy ktoś ze służby w Havers Hall mówił wiele o lordzie Glenkellie? Wiem, że był tam tylko kilka dni, zanim musiał wrócić do Londynu, i przywiózł ze sobą własnego służącego, więc być może nie mieli z nim wiele do czynienia.

— Niezbyt wiele, ma pani rację, milady, ale wszyscy, którzy mu służyli, mówili, że był bardzo uprzejmy, szczególnie jak na tak wysoko postawionego lorda, wie pani. A jego służący, Simons, był mu szczerze oddany. Mówił, że lord Glenkellie to najlepszy pan, jakiego mógłby sobie wymarzyć, i wszyscy, którzy mu służą, myślą tak samo. Ja zaś sądzę, że każdy, kogo lord i lady Havers wybierają na przyjaciela, musi być jednym z najwspanialszych ludzi w Anglii — upierała się Jean. — Przecież wybrali panią, prawda?

Marianne zachichotała.

— Cóż, można by rzec, że raczej sama się im narzuciłam, ale przyjmę twój komplement bez zastrzeżeń, Jean. Bo ja również uważam, że lord i lady Havers doskonale znają się na ludziach.

Lady Jersey przyjęła ich małą grupę w swoim fantastycznie, wręcz przesadnie urządzonym salonie indyjskim. Marianne, która była tu już wcześniej, stłumiła śmiech, gdy Ellen i panny Creighton rozejrzały się z rozdziawionymi ustami. Napotykając wzrok Sary Child Villiers, musiała odwrócić spojrzenie, by się opanować.

Ellen w końcu się pozbierała, by przedstawić Lavinię, Dianę i Clarissę lady Jersey. Choć Clarissa formalnie nie była zaproszona, Lavinia nalegała, by i tak poszła z nimi, i dostała dokładnie to, na co zasłużyła za swoją zuchwałość. Lady Jersey zmierzyła Clarissę wzrokiem od stóp do głów i powiedziała:

— Czy nie powinnaś być w pokoju szkolnym, dziecko? W stajniach są chyba kocięta; idź z Frostem je zobaczyć, a kucharka da ci potem szklankę mleka.

Clarissa wyraźnie się śmiała, gdy odchodziła w ślad za władczym kamerdynerem, a tęskne spojrzenie Diany mówiło, że wolałaby iść z siostrą, niż siadać do herbaty z jedną byłą i trzema obecnymi hrabinami.

Marianne nie winiła Diany. Sama wolałaby pójść do stajni, niż stawić czoła kolejnemu przesłuchaniu ze strony lady Jersey, ale arbitra elegancji była bardzo spostrzegawczą kobietą, która przejrzała wyniosłą minę, jaką mąż zmusił Marianne do przybierania przed światem, była dla niej miła i zaprosiła ją do swojego kręgu przyjaciół. Był to dług wdzięczności, którego Marianne nigdy nie mogłaby spłacić, więc usadowiła się na szezlongu, przybrała wyraz skupienia i przyjęła cytrynowe ciasteczko.

— A więc to ty jesteś Diana. — Sarah przyjrzała się drżącej debiutantce przenikliwym spojrzeniem. — Jaki znowu jest twój posag, dziewczyno?

— Dziesięć tysięcy funtów — powiedziała Lavinia z zadowoleniem — a Clarissa w przyszłym roku będzie miała tyle samo.

Lady Jersey przeniosła wzrok na Lavinię. Nie padło ani jedno słowo, ale Lavinia skuliła się w fotelu i zacisnęła usta.

— Co lubisz, Diano? — zapytała lady Jersey, a Diana przełknęła ślinę, zerkając na matkę. Lavinia skinęła głową.

— Jestem biegła w grze na fortepianie i śpiewam znośnie — odparła Diana cichym głosem. — Lubię robótki ręczne i rysowanie ołówkiem. Mówię po francusku i trochę po włosku...

— Tak samo jak każda inna młoda dama twojego stanu w tym sezonie, jeśli nie trochę mniej — powiedziała lady Jersey, prychając, a Diana wyglądała, jakby miała się rozpłakać. Ton Sary złagodniał. — Chodzi mi o to, co ty *lubisz*? Co lubisz robić, jeśli nie musisz nikomu dogadzać, tylko sobie?

— Och — powiedziała Diana, wyraźnie zaskoczona. — Cóż... naprawdę lubię rysować. Szczególnie zwierzęta. Narysowałam psy taty, Apolla i Aresa, a tacie tak się to spodobało, że oprawił rysunek i powiesił na ścianie w swoim gabinecie.

Lady Jersey zachęcająco skinęła głową.

— Zwierzęta to dobry temat. Wielu młodych mężczyzn bardzo lubi swoje psy i konie. Jeśli będziesz w stanie, na przykład, narysować każdego z jego koni na tyle dobrze, by ukazać jego cechy charakterystyczne, jest bardzo prawdopodobne, że natychmiast oświadczy, że jest w tobie zakochany.

Diana wybuchnęła śmiechem, po czym opamiętała się i zamieniła go w dystyngowany chichot za dłonią. Sarah mrugnęła do Marianne, a ta odetchnęła z ulgą. Dianie udało się przypodobać Sarze, a wpływowa hrabina rzuci ją na drogę nie tylko odpowiednich młodych mężczyzn, ale także takich, których mogłaby polubić i szanować.

— Cóż, myślę, że zostaniesz bardzo dobrze przyjęta, moja droga — powiedziała lady Jersey, dając jej swoją aprobatę. — Mam nadzieję, że posłuchasz mojej rady, która brzmi: zawsze dawaj młodym mężczyznom znać, co naprawdę myślisz. Dziewczęta, które udają, że chłoną każde słowo idioty, zwykle wychodzą za owego idiotę za mąż.

Ellen roześmiała się na te słowa. Lavinia wpatrywała się z wybałuszonymi oczami, oburzona, ale wciąż zbyt onieśmielona, by się odezwać.

— Muszę się z tym zgodzić — powiedziała Marianne, przyciągając wzrok Diany. — Mężczyzna, który nie szanuje twoich opinii i życzeń, nie jest mężczyzną, z którym chciałabyś się bliżej zapoznać. Nie czekaj, aż będziesz już zaangażowana, by dać mu poznać, kim naprawdę jesteś.

— Postaram się zawsze o tym pamiętać — powiedziała Diana. — Dziękuję za radę, lady Jersey. Ciociu Marianne.

— A propos rad — rzekła lady Jersey — rozumiem, że spędziła pani bardzo mało czasu w Londynie, lady Creighton?

Lavinia zarumieniła się i wyglądała na nieco zagniewaną, że została tak wywołana, ale odpowiedziała:

— Tak, milady, to prawda. Moi rodzice nie lubili podróżować daleko od Durham, gdzie był nasz dom i gdzie poznałam mojego męża.

— Powinna pani uważnie słuchać swojej ciotki. — Sarah wskazała na Marianne. — Ona od lat z powodzeniem porusza się po niebezpiecznych wodach londyńskiej socjety. Niech pani pozwoli jej poprowadzić swoje córki, a bardzo dobrze na tym wyjdą.

Lavinia wyparskała:

— Ale... ale... Marianne nie jest zamężna!

— Doskonała uwaga. — W oku Sary pojawił się znajomy, złośliwy błysk. — Masz na myśli jakichś odpowiednich kandydatów, Marianne?

— Myślę, że wasza lordowska mość doskonale wie, że nie życzę sobie ponownie wychodzić za mąż. — Marianne pozostała chłodna i opanowana, z dłońmi złożonymi na kolanach.

— Nie możesz pozwolić, by jedno złe doświadczenie zniechęciło cię na całe życie. To trochę jak jazda konna: spadasz, musisz od razu wsiadać z powrotem!

— Niemniej jednak — powiedziała Marianne stanowczo.

— Cóż, zobaczymy. Nie będę cię naciskać, nie w tym roku, ale myślę, że byłoby szkoda, gdybyś całkowicie zamknęła się na tę możliwość. — Głos Sary był dość łagodny. — Masz wielką zdolność do kochania, moja droga. Nie chciałabym, żebyś zmarnowała się jako samotna wdowa na zawsze.

Marianne spuściła wzrok, a łzy napłynęły jej do oczu.

— Dziękuję za troskę, milady, ale błagam, niech pani nie kłopocze się z mojego powodu. Jestem bardzo zadowolona z tego, jak jest, i pragnę jedynie skupić się na dobrym zamążpójściu moich drogich siostrzenic.

Zapadła długa chwila ciszy. Marianne w końcu uniosła oczy, by spojrzeć na Sarę, i zobaczyła, że druga kobieta przygląda jej się z lekkim zmarszczeniem brwi. Próbując się lekko uśmiechnąć, Marianne modliła się w duchu, by jej przyjaciółka zaakceptowała jej decyzję.

— Zgoda — powiedziała wreszcie lady Jersey. — Lady Creighton, z przyjemnością informuję, że pani wniosek o subskrypcję w Almack's na ten rok został zatwierdzony. — Pochylając się, otworzyła szufladę w małym stoliczku przed sobą i wyjęła stosik tekturowych prostokątów. — Trzy bilety, dla pani, dla hrabiego i dla lady Diany. — Odliczyła trzy bilety i podała je Lavinii, która zalała ją potokiem podziękowań.

— Tak, tak. — Irytującym machnięciem ręki Sarah przerwała Lavinii. — A oto twoje, Ellen. — Podała jej kolejne trzy.

— Trzy? — zapytała Marianne.

— Jeden jest oczywiście dla ciebie. — Ellen wcisnęła go w jej dłoń.

— Och... ale ja nie składałam wniosku. — Nie miała dziesięciu gwinei na subskrypcję, a przynajmniej nie miała ich do dzisiejszego ranka. Będzie musiała ponownie odwiedzić Couttsa, by oddać Ellen pieniądze.

— Złożyłam wniosek w twoim imieniu. Nie mogłabym sobie poradzić bez twojego towarzystwa w moim pierwszym pełnym sezonie, próbując wpasować się w londyńską socjetę, Marianne. Poza tym, będę na tobie polegać, byś powstrzymywała amerykanizmy Thomasa, żeby niechcący kogoś nie uraził!

Marianne uśmiechnęła się czule do przyjaciółki.

— Nie jestem pewna, czy lord Havers jest w stanie kogokolwiek urazić; jest o wiele za miły!

— Chyba że wspomnisz o handlu niewolnikami — zauważyła Sarah. — Myślałam, że on i Portland dojdą do bójki, gdy temat ten pojawił się na przyjęciu u Fultonów! Portland był przekonany, że będzie on przeciwny emancypacji — dodała, zwracając się do Marianne, która omal się nie zakrztusiła. Słyszała bowiem nie raz, jak Thomas wygrażał na nieludzkość handlu niewolnikami.

— Och, proszę, nie wspominaj o tym więcej — poprosiła Ellen. — Miałam nadzieję, że wszyscy o tym zapomnieli.

— Wręcz przeciwnie. Castlereagh często o tym mówił z wielkim podziwem. Wierzę, że ma nadzieję, że lord Havers w tym roku równie elokwentnie wypowie się na ten temat w Izbie Lordów.

— Niech pani w to nie wątpi. — Ellen przyjęła z uznaniem aprobatę lady Jersey.

Sarah skinęła głową, po czym sięgnęła po sznur dzwonka obok swojego fotela.

— Poproszę Frosta, aby przywołał pani drugą córkę, lady Creighton. Proszę mi wybaczyć; jestem umówiona na wieczorne przyjęcie u Drummond-Burrellów.

— Bardzo dziękuję za poświęcony czas, lady Jersey. — Rozumiejąc aluzję, Lavinia wstała i dygnęła; Diana szybko poszła w jej ślady. Ellen i Marianne pożegnały się nieco wolniej, pewne, że łaska lady Jersey nie zostanie im odebrana, jeśli popełnią najmniejszy błąd.

Clarissa spotkała je w holu wejściowym, biorąc siostrę pod ramię i szepcząc jej coś do ucha. Diana wciąż wyglądała blado i nerwowo, ale zdołała odpowiedzieć na pytania Clarissy z lekkim uśmiechem. Marianne była pewna, że Diana sobie poradzi, choć znalezienie pewności siebie w londyńskim tłumie może jej zająć trochę czasu. Przynajmniej miała mnóstwo ludzi, którzy się o nią troszczyli, w przeciwieństwie do samej Marianne. Nie było nikogo, kto mógłby się za nią wstawić, gdy ojciec zmusił ją do pośpiesznego małżeństwa, nikogo, do kogo mogłaby uciec po pomoc.

A zresztą, co ktokolwiek mógłby zrobić?, rozmyślała Marianne, siedząc naprzeciwko Ellen w powozie Haversów w drodze do domu. Miała osiemnaście lat i prawnie podlegała władzy ojca. Gdyby Arthur zdecydował się wydać Dianę za mąż za jakiegoś swojego kumpla, prawnie niewiele można by było na to poradzić. Poza prawem — cóż, Marianne była całkiem pewna, że w razie czego mogłaby przemycić siebie i Dianę na statek płynący do Ameryki. Dzięki nowo zdobytemu bogactwu otworzyły się przed nią możliwości, które wcześniej były jej niedostępne.

— Wyglądasz na bardzo zamyśloną. Co ci chodzi po głowie? — zapytała Ellen z drugiego końca powozu.

Marianne odpowiedziała bez zastanowienia.

— Ucieczka do Ameryki.

— Mój Boże, chyba nie naprawdę? — Ellen wyglądała na zszokowaną.

— Niezupełnie. — Marianne posłała jej uspokajający uśmiech. — W każdym razie nie dla siebie, choć gdyby Diana znalazła się w beznadziejnej sytuacji z powodu machinacji Arthura lub Lavinii, nie zawahałabym się zabrać jej poza ich zasięg.

— I słusznie — powiedziała Ellen. — Sama byłam w beznadziejnej sytuacji po śmierci rodziców, zanim Thomas przyjął mnie do rodziny Haversów. Myślę, że świadomość istnienia drogi ucieczki byłaby wielkim pocieszeniem dla każdej młodej kobiety. Mam nadzieję, że zapewnisz Dianę, i oczywiście Clarissę, że mogą również zwrócić się do Thomasa i do mnie, gdyby potrzebowały rady lub pomocy w czymkolwiek.

— Zrobię to i dziękuję ci — powiedziała Marianne. — Nie chodzi o to, że myślę, iż Arthur zrobiłby coś tak strasznego, jak mój ojciec mnie, oczywiście, ale... cóż, Lavinia jest bardzo ambitna towarzysko. Nie zdziwiłabym się, gdyby zaaranżowała dogodny kompromis. Zamierzam bardzo poważnie potraktować moje obowiązki przyzwoitki i uczestniczyć w każdym wydarzeniu, na które zostaną zaproszone.

— Będę tuż obok ciebie — obiecała Ellen. — W końcu to będzie dobra praktyka, gdybym kiedyś miała własne córki! — Jej dłoń powędrowała na brzuch.

Oczy Marianne rozszerzyły się.

— Spodziewasz się dziecka? — wysapała, podekscytowana szczęściem przyjaciółki.

— Być może. — Ellen nachyliła się blisko i zniżyła głos, choć były całkiem same. — Rano czuję okropne mdłości. Susan zaczęła przynosić mi herbatę i suche herbatniki, gdy jeszcze leżę w łóżku, żeby powstrzymać nudności. Umówiłam się na wizytę lekarza jutro rano, kiedy Thomasa nie będzie. Będziesz przy mnie?

— Jeszcze mu nie powiedziałaś?

— Chcę poczekać, aż będę całkiem pewna. — Ellen spojrzała na swoje dłonie. — Całkowicie rozumiem, jeśli nie chcesz. To musi być dla ciebie trudny temat.

W takich chwilach uświadamiała sobie z całą mocą, że choć Ellen zachowywała się z niezwykłą dojrzałością, hrabina Havers miała dopiero co skończone dwadzieścia jeden lat.

— Nigdy, ani przez chwilę, nie chciałam mieć dziecka w moim małżeństwie — stwierdziła Marianne z pewną siłą. Ellen wpatrywała się w nią z szeroko otwartymi oczami, a ona przyznała: — Co nie znaczy, że nigdy nie chciałam mieć własnego dziecka.

Ellen zdawała się nie wiedzieć, co powiedzieć, a Marianne była wdzięczna, że powóz zatrzymał się właśnie wtedy przed miejską rezydencją. Minęły lata, odkąd marzyła o własnym dziecku, jednak myślenie o tym teraz obudziło uczucia, które uważała za dawno martwe. Niespodziewanie zatęskniła za dzieckiem, może małym chłopcem o ciemnych włosach i niebieskich oczach ojca.

Gdy zdała sobie sprawę, że wyobraża sobie swojego syna jako syna Alexandra, pobiegła po schodach, jakby goniły ją wilki, zostawiając za sobą zaskoczoną Ellen w nadziei, że nie zdenerwowała zbytnio przyjaciółki.

ROZDZIAŁ DZIEWIĘTNASTY

Klub dżentelmenów Brooks's

Nigdy nie zgadniecie, kogo wczorajszego wieczoru widziałem w Almack's — obwieścił donośny głos za plecami Alexandra, na co ten westchnął i spojrzał z niezadowoleniem na gazetę. Ostatnio zaczął spędzać popołudnia w swoim klubie, by uciec przed niekończącym się strumieniem gości odwiedzających jego matkę, z których większość przybywała w towarzystwie panien na wydaniu — córek, sióstr, siostrzenic czy przyjaciółek, które mieli nadzieję rzucić mu do stóp. Cieszył się spokojem, dopóki do czytelni nie wpadło dwóch głupców, którzy, jak się wydawało, zamierzali roztrząsać cały miniony rok.

Teraz dołączył do nich trzeci, jeszcze głośniejszy od poprzednich. Alexander miał już ich uciszyć, gdy nowo przybyły wymówił nazwisko, które go sparaliżowało.

— Lady Creighton.

— Co, ta nowa? Poznałem ją w zeszłym tygodniu. Próbuje wydać za mąż córkę. Taka szara myszka.

— Ma dziesięć tysięcy, więc nie jest wcale taka szara. Pewnie dlatego patronki dały im karty wstępu.

— Nie ta nowa ani jej córka, chociaż obie też tam były. Mówię o tej poprzedniej, której na imię najwyraźniej Marianne. Marianne, lady Creighton. — Nowo przybyły westchnął tak rozmarzonym tonem, że Alexander nie mógł się powstrzymać i opuścił gazetę, by zobaczyć, który to młodzik tak wzdycha do Marianne.

Jego oczy rozszerzyły się ze zdziwienia, gdy zobaczył, że ani nowo przybyły, ani dwaj mężczyźni, do których dołączył, nie byli młodzi; wszyscy byli po trzydziestce i cieszyli się przynajmniej pewnym szacunkiem Alexandra. Ten, który właśnie opadał na fotel, to był lord Ferry, drugi syn księcia i człowiek zamożny. Żonaty, o ile Alexander dobrze pamiętał; był prawie pewien, że w zeszłym roku spotkał lady Ferry na jakimś przyjęciu.

— Jest piękniejsza niż kiedykolwiek — ciągnął lord Ferry. — A bez tego starego piernika Creightona uśmiecha się i tańczy. W końcu zatańczyłem z nią ten taniec, o który błagałem od lat.

Wicehrabia Snowfield roześmiał się, lecz nie złośliwie. — Trochę za późno, żeby do niej startować, nie sądzisz? Masz żonę i dwójkę bachorów w domu.

— I tu się mylisz, mój przyjacielu. Dama mówi każdemu, kto chce słuchać, że nie zamierza ponownie wychodzić za mąż. — Uśmiech Ferry'ego był chytry. — A wiesz, co *to* oznacza. Planuje zostać wesołą wdówką.

Sir Edward Mullins, trzeci z małej grupki, wyprostował się, nagle zaciekawiony. — Chcesz powiedzieć, że zgodziłaby się na protektorat?

— Myślę, że dama zna swoją wartość i będzie bardzo kosztowna, ale tak. Zamierzam zaoferować jej *wolną rękę*. — Ferry wyglądał na zadowolonego z siebie. — Wydaje mi się, że wiem, jak trafić do jej serca. Jej klejnoty pozostały w skarbcu Creightonów; miała na sobie tylko bardzo skromny krzyżyk, podczas gdy nowa hrabina nosiła spektakularny diamentowo-rubinowy naszyjnik. Kupię jej diamentową bransoletkę lub dwie i urządzę jej dom, gdziekolwiek sobie zażyczy. Niewielu może się ze mną równać pod względem zasobów.

— A większość z tych, którzy mogą, jest tak stara jak jej pierwszy mąż. Nie wątpię, że będzie wolała kogoś, kto nie stoi jedną nogą w grobie! — Snowfield znów się roześmiał, chociaż Mullins wyglądał na nieco niezadowolonego. — Cóż, życzę ci powodzenia w twoich staraniach, mój przyjacielu. Twoja żona nie będzie protestować?

— Nie, Honoria zna swoje miejsce. Poza tym znów jest w ciąży. Odesłałem ją do moich rodziców.

Uśmiech Ferry'ego był tak pełen samozadowolenia, że Alexander zastanawiał się, czy nie wstać i nie zmazać mu go z twarzy jednym ciosem. Jak ten drań *śmiał* tak mówić o Marianne? Jak w ogóle *śmiał* tak myśleć?

Jednak wszczynanie bójki w samym środku Brooks's nic by w tej sytuacji nie pomogło. Alex przez chwilę rozważał wyzwanie lorda Ferry'ego na pojedynek w obronie honoru Marianne, ale to tylko podsyciłoby plotki. Jeśli wyzwałby

Ferry'ego, w ciągu kilku godzin cały Londyn mówiłby, że Marianne jest już kochanką *Alexa*, co nie przyniosłoby nikomu pożytku.

Zamiast więc dać się ponieść złości, złożył gazetę i odłożył ją na stół, po czym wstał i wyszedł, mijając trzech mężczyzn i kiwając im w milczeniu głową.

Spacer na Cavendish Square, gdzie Haversowie mieli swoją londyńską rezydencję, nie był długi. Alexander szedł szybkim krokiem, a gniew wrzał w nim tuż pod powierzchnią. *Powinienem był przewidzieć, że coś takiego się stanie*, karcił sam siebie. Nie mógł winić Marianne; próbowała się tylko chronić, ale czyniąc to, niechcący wystawiła się na znacznie bardziej niegodziwy rodzaj zalotów ze strony dżentelmenów, którym po głowie chodziły rzeczy mniej szlachetne niż małżeństwo.

— Dzień dobry, lordzie Glenkellie — przywitał go w drzwiach lokaj. — Obawiam się, że lorda Haversa nie ma dziś po południu w domu.

— Właściwie miałem nadzieję zobaczyć się z lady Havers i lady Marianne.

— Och, panie, właśnie wróciły z zakupów na Bond Street. Sprawdzę, czy lady Havers pana przyjmie, jeśli zechciałby pan zaczekać.

Alexander wcisnął kapelusz w dłonie usłużnego mężczyzny. — Dziękuję, zaczekam. Czy mógłby pan przekazać, że sprawa jest pilna?

Kilka minut później Ellen dołączyła do niego w salonie. — Glenkellie, co jest tak pilnego? — przeszła od razu do rzeczy.

Zerkając na drzwi, Alex zastanawiał się, czy powinien poczekać na Marianne, ale być może lepiej będzie, jeśli ona nie usłyszy tego, co miał do powiedzenia.

— Musi pani bardzo uważać i trzymać lady Marianne blisko siebie — rzekł cicho.

— Dlaczego? — zapytała Ellen w swoim zwykłym, bezpośrednim stylu. — Oczywiście zrobię, o co pan prosi, ale jeśli jest coś szczególnego, na co powinnam zwrócić uwagę, wolałabym o tym wiedzieć. Przezorny zawsze ubezpieczony.

— Święta racja, lady Havers. — Próbując znaleźć najlepszy sposób, by ująć prawdę w słowa bez obrażania kogokolwiek, Alex powiedział ostrożnie: — Doszły mnie słuchy, że publiczna deklaracja lady Marianne, iż nie zamierza ponownie wychodzić za mąż, mogła zostać w pewnych kręgach źle odebrana.

Ellen wyglądała na kompletnie zdezorientowaną.

Westchnął i spróbował ponownie. — W moim klubie podsłuchałem plotki dotyczące możliwości przyjęcia przez lady Marianne oferty mniej niż przyzwoitej.

Tym razem Ellen zrozumiała. Na jej twarzy pojawiło się oburzenie. Przez chwilę bełkotała, zanim powiedziała: — Mój Boże, niektórzy mężczyźni to naprawdę... naprawdę...

— Końskie zady? — podsunął Alex.

— Właśnie!

— Kto jest końskim zadem? — zapytała Marianne, wchodząc do pokoju.

Alex i Ellen spojrzeli na siebie.

— Gdyby mógł pan wymienić kogoś konkretnego, z pewnością chciałabym wiedzieć, kogo unikać — powiedziała Ellen.

— Zgoda. — Alex skrzywił się, ale zwrócił się do Marianne. — Zna pani, jak rozumiem, lorda Ferry'ego?

— Tak, od kilku lat. — Brwi Marianne ściągnęły się w grymasie. — A co z nim?

— Obawiam się, że twoja deklaracja o tym, że nie zamierzasz ponownie wychodzić za mąż, sprawiła na lordzie Ferrym mylne wrażenie. Jego zamiary wobec ciebie są mniej niż honorowe.

Ciemny rumieniec oblał policzki Marianne. — A skąd to wiesz? — zapytała po chwili ciszy.

— Plotkował o swoich zamiarach w Brooks's. Podsłuchałem — odparł Alex przepraszająco.

— *Niech* to szlag trafi tych mężczyzn! — Słowa wyrwały się z ust Marianne, a jej pięści zacisnęły się ze złości. Podeszła do okna, by z ponurą miną wyjrzeć na zewnątrz.

— Jeśli państwo na chwilę wybaczą — powiedziała Ellen — chcę poinformować służbę, że lord Ferry pod żadnym pretekstem nie ma być wpuszczany do tego domu.

— Wyszła z pokoju, a stukot jej obcasów odbił się od polerowanej drewnianej podłogi.

W ciszy, która zapadła, Alexander zastanawiał się, czy też nie powinien odejść, ale Marianne była wyraźnie wstrząśnięta. Nie chcąc jej naciskać, podszedł do sąsiedniego okna i usiadł na wyściełanym parapecie, myśląc, że po prostu posiedzi z nią w milczeniu, dopóki Ellen nie wróci. Był więc niemało zaskoczony, gdy odwróciła się od kontemplacji ulicy i usiadła obok niego.

— Czy kiedykolwiek odkryłeś jakieś wady płynące z bycia obdarzonym urodą? — zapytała niespodziewanie Marianne.

Zaskoczony, Alex potrząsnął głową. — Nie, ale teraz już po nich. — Nieświadomie dotknął blizny na policzku. Już nieraz widział niechęć w oczach dam, gdy ich wzrok zatrzymywał się na niej.

— Bzdura, sprawia tylko, że wyglądasz bardziej dystyngowanie — odparła Marianne, pociągając nosem. — Zastanawiam się jednak, czy to zadziałałoby w moim przypadku? Jakieś oszpecenie... może mogłabym obciąć wszystkie włosy.

— Nawet gdybyś to zrobiła, nadal byłabyś najpiękniejszą kobietą, jaką znam — odpowiedział Alex, starając się skupić na jej słowach, a nie na ciepłych uczuciach, jakie wzbudził w nim jej komplement.

Marianne spojrzała na niego z ostrożnym wyrazem twarzy. — Nie powiesz mi, że nie powinnam?

— Dlaczego miałbym? To twoje włosy. Tęskniłbym za twoją największą ozdobą — odważył się i wyciągnął rękę, by dotknąć loków spływających wzdłuż jej szyi — ale nie mam prawa mówić ci, co masz robić. Właśnie o to chodzi w tym, że nie chcesz ponownie wychodzić za mąż, prawda?

— Owszem, ale jest wielu mężczyzn, którzy i tak próbowaliby mi mówić, co mogę, a czego nie, bez żadnego powodu, by rościć sobie do mnie jakiekolwiek prawa.

Alex posłał jej współczujący uśmiech. — Może powinnaś wykorzystać to jako taktykę, by odsiewać tych, z którymi nie chcesz się zadawać. Powiedz im, że rozważasz obcięcie włosów, a każdy, kto spróbuje ci tego zabronić, nie jest tak naprawdę godny twojej przyjaźni.

— Obawiam się, że zostałabym tylko z tobą i Haversem jako przyjaciółmi. — Odpowiedni uśmiech Marianne był cierpki.

— To tragiczna, ale szczera ocena mojej płci — zgodził się Alex z żalem.

Siedzieli przez chwilę w milczeniu, po czym Marianne zadała mu kolejne niespodziewane pytanie. — Gdybyś... *kiedy* weźmiesz sobie żonę, Glenkellie, czy zabroniłbyś jej obciąć włosy?

— Z pewnością nie — odpowiedział natychmiast, po czym przemyślał sprawę. — Może próbowałbym ją od tego *odwieść*, ale gdyby była zdecydowana, poprosiłbym, żeby pozwoliła pokojówce to zrobić, żeby nie skaleczyła się nożyczkami, próbując obciąć włosy z tyłu głowy, gdzie nie widzi.

Na jej twarzy malował się tęskny wyraz. — To jeszcze lepsza odpowiedź niż twoja pierwsza. Twoja żona będzie szczęściarą.

— Mam nadzieję, że będzie tak uważać — to była jedyna odpowiedź, jaka przyszła mu do głowy, poza padnięciem na kolana i błaganiem jej, by za niego wyszła. To zdecydowanie nie był najlepszy moment na oświadczyny.

Ależ, na Boga, gdyby tylko mógł!

ROZDZIAŁ DWUDZIESTY

Bal u księżnej Balford

KIEDY MARIANNE PRZYBYŁA NA bal u Balfordów, wciąż
była zła. Zdeterminowana, by stawić czoła złośliwym
plotkom, szczególnie zadbała o swój wygląd, wybierając
jedną ze swoich najpiękniejszych sukien, jedwabną kreację,
która mieniła się odcieniami błękitu i zieleni w zależności
od światła. Prosta w kroju, jej urok polegał wyłącznie na
jakości materiału i urodzie noszącej ją kobiety. Wiedziała,
że osiągnęła pożądany efekt, gdy Lavinia spojrzała na nią i
westchnęła z rozpaczą.

— Nikt nawet nie spojrzy na Dianę, skoro tu jesteś —
powiedziała ponuro.

— Lavinio. — Marianne potrząsnęła głową. — Przecież
nie *chcesz* dla Diany mężczyzny, któremu mogłabym za-
wrócić w głowie. Taki mężczyzna w ogóle by do niej nie
pasował, a przecież chcesz jej szczęścia, prawda?

Najwyraźniej przekonana tym argumentem, Lavinia
skinęła głową na znak zgody. — Chyba masz rację —
przyznała.

— I spójrz, oto markiz Glenkellie, by prosić cię o pierwszy taniec — powiedziała Marianne do Diany, która wyglądała bardzo ładnie w białej sukni ze srebrną siateczkową narzutką, z maleńkimi srebrnymi gwiazdkami połyskującymi w jej ciemnobrązowych włosach. — Wszyscy będą pytać, kim jest ta urocza młoda dama, z którą nie mógł się doczekać, by zatańczyć, wierz mi.

Diana uśmiechnęła się do niej nieśmiało. — Wiem, że wolałby tańczyć z tobą — szepnęła, gdy Lavinia odwróciła się na chwilę, by porozmawiać ze znajomą.

— Cóż, prawdę mówiąc, nie ma nikogo innego, z kim chciałabym zatańczyć — przyznała Marianne. Od wczoraj, kiedy Alexander wyjawił jej i Ellen treść plotek, nie przestawała o tym myśleć. Jeśli lord Ferry, żonaty mężczyzna, patrzył na nią pożądliwie, to komu mogłaby zaufać? Odtąd będzie spoglądać na każdego partnera do tańca z ostrożnością.

Alexander zjawił się przed nimi i skłonił się przed każdą z nich, witając je bardzo uprzejmie.

— Mam nadzieję, że nie oddałaś mojego tańca, lady Diano? — zapytał z ciepłym błyskiem w oku. — Muzycy już strają instrumenty i wierzę, że otworzymy bal kadrylem.

— Kadryl to mój ulubiony taniec — powiedziała nieśmiało Diana, kładąc dłoń na jego wyciągniętym ramieniu. — Jestem bardzo wdzięczna za zaszczyt, jaki mi czynisz, lordzie Glenkellie. Dziękuję, że poprosiłeś mnie do tańca.

— To ja jestem zaszczycony, lady Diano. — W kącikach jego oczu pojawiły się zmarszczki. — O ile, rzecz jasna, nie nadeptniesz mi na palce!

Diana zachichotała, gdy Alexander prowadził ją do tańca, a Lavinia potrząsnęła głową. — Nie jest nią ani trochę zainteresowany, jak sądzę, ale wydaje się bardzo miły.

— To najmilszy mężczyzna, jakiego znam — odparła Marianne z nutą melancholii w głosie.

— Lavinio, kim jest ten wysoki jegomość, który tańczy z Dianą? — Arthur podbiegł do nich, dość zdyszany. Nawet nie zadał sobie trudu, by przywitać się z Marianne.

— To markiz Glenkellie, drogi. Pamiętasz, Marianne przedstawiła nas jemu i markizie wdowie w zeszłym tygodniu w teatrze, a on poprosił o taniec z Dianą.

— Markiz — nadymał się Arthur. — No, to niezły połów! Słyszałem, że Glenkellie jest bardzo bogaty.

— Nie rób sobie nadziei. — Lavinia potrząsnęła głową. — Poprosił ją chyba tylko w ramach przysługi dla Marianne.

— Dlaczego miałby być ci winien jakieś przysługi?

Arthur wygląda jak karp, pomyślała Marianne, patrząc, jak wybałusza na nią oczy i otwiera usta.

— Lord Glenkellie nic mi nie jest winien — odparła — ale jesteśmy starymi przyjaciółmi.

— Doprawdy! — Brwi Arthura wystrzeliły w górę, a potem pochylił się w jej stronę. — Może i zrobiłaś z mojego stryja rogacza — powiedział z jadem w głosie — ale wciąż jesteś Creighton i nie pozwolę, byś przynosiła temu nazwisku hańbę. Już krążą o tobie plotki!

— Arthurze! — Lavinia brzmiała na autentycznie zszokowaną. Chwytając męża za ramię, rzuciła Marianne przepraszające spojrzenie. — Wybacz nam, proszę.

Marianne z wielką chęcią odwróciła się na pięcie i pospiesznie odeszła. *Jak ktokolwiek mógł uwierzyć, że przyprawiła mężowi rogi?* Nigdy nie tolerował, by choćby *rozmawiała* z innym mężczyzną bez jego obecności, karał *ją*, jeśli dżentelmeni próbowali się do niej zbliżyć, twierdząc, że musiała ich kusić swoim uśmiechem lub zachowaniem. Nie miała najmniejszego pojęcia, *jak* zachęcać zalotnika!

Oślepiona łzami wściekłości i bólu, Marianne przecisnęła się przez tłum, w końcu uciekając z sali balowej i spiesząc do buduaru.

Alexander był świadkiem ucieczki Marianne i pospiesznego pościgu lady Havers. Uwięziony na środku parkietu, mógł tylko zagryźć wargę i patrzeć, mając nadzieję, że Ellen zdoła pomóc w tym, co tak wyraźnie zmartwiło Marianne.

— Jesteś zakochany w mojej cioci?

Szczere pytanie od lady Diany, gdy układ tańca ponownie ich ze sobą połączył, sprawiło, że pomylił krok.

— Słucham? — wydukał.

— Bo myślę, że ona jest zakochana w tobie. — Brązowe oczy Diany były czyste i szczere, gdy na niego spojrzała.

— Ona twierdzi, że nie chce wychodzić za mąż.

— Ma na myśli, że nie chce poślubić kogoś, kto traktowałby ją tak okropnie, jak mój stryjeczny dziadek. Czy traktowałbyś ją źle?

— Traktowałbym ją jak królową — powiedział Alexander z głębi serca.

Diana uśmiechnęła się. — Tak myślałam. Zdradzają cię oczy, kiedy na nią patrzysz, wiesz?

— A pomyśleć, że uważałem cię za nieśmiałą — zdumiał się.

— W istocie jestem. — Zarumieniła się uroczo. — Ale czasami potrzebne jest bezpośrednie działanie, a ja potrafię być odważna, jeśli muszę. Rozmawiałam z Clarissą i powiedziała, że absolutnie muszę z tobą porozmawiać. Zwłaszcza, że mama myśli, że, hm... — urwała.

— Że powinienem poślubić ciebie? — zapytał Alexander.

— Cóż, tak. Ale nigdy nie chciałabym mieć męża zakochanego w kimś innym, więc wyświadczyłbyś mi wielką przysługę, gdybyś *nie* poświęcał mi zbyt wiele uwagi.

— Przyjąłem do wiadomości — rzekł poważnie. — I dziękuję.

— Za co?

— Za pomoc w podjęciu decyzji, nad którą zastanawiałem się od jakiegoś czasu: co dokładnie powinienem powiedzieć lady Marianne. Masz rację, że jestem w niej zakochany, a poślubienie kogoś innego nie byłoby sprawiedliwe wobec nikogo z nas.

Diana jest naprawdę piękna, kiedy się tak uśmiecha, pomyślał Alexander, gdy taniec dobiegł końca i wszyscy oklaskiwali muzyków. Podając jej ramię, odprowadził Dianę do jej matki i podziękował za taniec. Młodzi mężczyźni już tłoczyli się wokół, przepychając się, by zostać przedstawionymi, a on zatrzymał się, by rzec do Diany, cicho, by nikt inny nie usłyszał: — Gdybyś kiedykolwiek potrzebowała pomocy, modlę się, byś nie wahała się do mnie zwrócić.

— Dziękuję, lordzie Glenkellie. — Dygnęła. — Jestem pewna, że twoja partnerka do następnego tańca z niecierpliwością na ciebie czeka.

Miał taką nadzieję. Z ostatnim ukłonem w stronę hrabiny odwrócił się i ruszył w kierunku drzwi sali balowej, mając nadzieję, że Marianne mogła już wrócić do pomieszczenia. Nigdzie nie widział ani jej, ani Ellen Havers.

Lady Jersey stała niedaleko drzwi, więc zatrzymał się, by pokłonić się jej z szacunkiem i zapytać, czy widziała Marianne. — Obiecała mi drugi taniec — powiedział, starając się, by jego głos brzmiał swobodnie. — Czekałem prawie dekadę, by z nią zatańczyć, wie pani.

— W samej rzeczy, wiem o tym. I to nie tylko na taniec pan czekał, prawda? — Oczy lady Jersey były niepokojąco przenikliwe. — Nie marnuj więcej czasu, Glenkellie.

— Staram się, milady.

— Jest płochliwa, i słusznie, ale wierzę, że panu ufa. Niech jej pan nie zawiedzie.

— Nie zawiodę.

Za lady Jersey Alex zobaczył, jak Marianne ponownie wchodzi do sali balowej, z lady Havers u boku. Jej policzki były lekko zarumienione, ale trzymała podbródek wyzywająco uniesiony, a w jej oczach płonął ogień.

Alex podszedł szybko, kłaniając się nisko. — Lady Marianne — powiedział. — Drugi taniec zaraz się rozpocznie, jeśli wciąż jest pani skłonna obdarzyć mnie tym zaszczytem?

Zawahała się, a potem powiedziała: — Czy miałby pan coś przeciwko, gdybyśmy zamiast tego zatańczyli trzeci taniec? Chciałabym zaczerpnąć trochę świeżego powietrza.

Francuskie drzwi prowadzące na taras były szeroko otwarte, by wpuścić do sali chłodne powietrze, więc Alex poprowadził ją w tym kierunku. Na zewnątrz zadbał o to, by zaprowadzić ją do balustrady, dobrze widocznej dla wszystkich w sali balowej, aby nikt nie mógł powiedzieć, że dochodzi do jakiejkolwiek niestosowności.

— Widziałem, jak przed chwilą opuściłaś salę w pośpiechu. Czy twój bratanek powiedział coś, co cię zasmuciło? — zapytał Alex, starając się być taktownym. Chciał żądać odpowiedzi — może nawet wymierzyć Arthurowi kilka ciosów za wywołanie takiego wyrazu na jej twarzy — ale nie miał prawa niczego od Marianne wymagać.

— Wydaje się, że udaje mu się to regularnie — powiedziała Marianne, krzywiąc usta, jakby skosztowała czegoś niedobrego. — Proszę, nie kłopocz się tym.

— Ależ ja się kłopoczę. — Alex pozwolił, by odrobina intensywnych emocji, które czuł, przelała się w jego słowa. — Bardzo się o ciebie martwię, Marianne. Jeśli plotki dotarły do twojego bratanka, może on uczynić twoje życie bardzo niekomfortowym.

Jej twarz nieco stężała, ale spojrzała mu prosto w oczy. — Mam nadzieję, że moi przyjaciele wiedzą, kim naprawdę jestem... Alexandrze.

— Wiem, kim jesteś. Jesteś nie tylko najpiękniejszą kobietą, jaką znam, ale także najodważniejszą osobą, jaką kiedykolwiek spotkałem, czy to mężczyzną, *czy* kobietą.

Zaskoczona jego opisem, Marianne zamrugała. — Nie jestem odważna.

— Jak możesz tak mówić? Przetrwałaś piekło w małżeństwie przez osiem lat, nigdy nie pozwalając nikomu poznać twoich prawdziwych uczuć. Nosisz blizny na duszy tak głębokie jak każdy żołnierz, a jednak bardziej martwisz się o szczęście innych niż o własną duszę. Twoja odwaga napawa mnie zarówno podziwem, jak i pokorą.

Stali w przyzwoitej odległości stopy od siebie, wpatrując się w siebie nawzajem, a jednak Marianne czuła się prawie tak, jakby otaczał ją ciepłym, pocieszającym uściskiem. Nie można było wątpić w szczerość słów Alexandra... ani w głębię jego uczuć do niej.

— Nie mogę znieść widoku, jak jesteś obrażana i poniżana — powiedział w końcu, gdy nie mogła znaleźć słów, by odpowiedzieć. — Nie mogę. Wiem, że nie chcesz wychodzić za mąż i nigdy bym cię nie naciskał, chociaż pragnieniem mojego serca jest... cóż, powiedziałem, że nie będę, i nie będę. — Jego szczęka zacisnęła się, jakby walczył sam ze sobą, a ona zobaczyła, że jego pięści zaciskają się i rozluźniają po bokach. — Zamiast tego chcę ci zaoferować coś innego, bez żadnych oczekiwań. Moja matka planuje w tym roku podróż do Włoch, by odwiedzić swoją siostrę; zostanie tam co najmniej dwanaście miesięcy. Polubiła cię i nalegała, bym zapytał, czy chciałabyś jej towarzyszyć.

Usta Marianne otworzyły się ze zdumienia. — Twoja matka chce, żebym pojechała z nią do Włoch? — powiedziała w końcu z niedowierzaniem.

— Owszem. Moja ciotka mieszka we Florencji; jest *contessą* i jest bardzo szanowana. Być może zechcesz tam z nią zostać, jeśli sobie tego życzysz.

— Bo tutaj zawsze będą plotki i insynuacje — powiedziała cicho Marianne. — Oferujesz mi *ucieczkę*.

Jej dłoń spoczywała na kamiennej balustradzie na skraju tarasu, a on wyciągnął rękę, by położyć swoją na jej dłoni. — Ofiarowałbym ci wszystko, co mam, wszystko, czym jestem, gdybyś tylko zechciała to przyjąć — powiedział Alexander.

Widziała to w jego oczach, jego miłość tak intensywną i niezmienną jak w dniu, w którym musiał ją opuścić, by wyruszyć na wojnę. — Obiecałam, że będę na ciebie czekać, a nie mogłam — wyszeptała.

— Obiecałem, że po ciebie wrócę, i zawiodłem cię. Nigdy nie zdołam wynagrodzić ci tego, co wycierpiałaś, ale proszę, Marianne. Pozwól mi ci służyć, w ten czy jakikolwiek inny sposób, jakiego sobie życzysz.

Jego palce były ciepłe na jej dłoni i chciała więcej. Chciała jego ramion wokół siebie, chciała *bezpieczeństwa*, które dawał, tej pewności i wiedzy, że pragnął jedynie jej szczęścia.

— Poproś mnie. — Ledwo mogła wydobyć z siebie te słowa, jej głos był cienkim skrzekiem, i musiała je powtórzyć, zanim oczy Alexandra rozszerzyły się w zrozumieniu.

Powoli uniósł jej dłoń i przytknął ją do ust, nie odrywając od niej wzroku.

— Lady Marianne — powiedział, a ona kochała go jeszcze bardziej za jego wybór, by użyć formy oficjalnej, unikając jednocześnie znienawidzonego nazwiska Creighton — czy uczyniłabyś mi ten wielki zaszczyt i oddała mi swoją rękę?

Musiała wziąć głęboki oddech, by odpowiedzieć, ale nazwał ją najodważniejszą osobą, jaką znał, a jego wiara w jej odwagę ułatwiła jej wiarę w samą siebie.

— Tylko jeśli obiecasz, że pojedziemy do Włoch w podróż poślubną. Zawsze chciałam zobaczyć Florencję.

ROZDZIAŁ DWUDZIESTY PIERWSZY

Alexander ledwie wierzył w to, co słyszał, gdy Marianne mówiła, a jej słowa były spełnieniem wszystkich jego marzeń. — Wszystko — obiecał żarliwie. — Gdziekolwiek zechcesz.

— Tylko może poczekajmy do późniejszej pory roku? Obiecałam odwiedzić Amelię Pembroke, gdy będzie rodzić, i myślę, że Ellen Havers może mnie potrzebować w sierpniu z tego samego powodu. — Marianne obdarzyła go błagalnym spojrzeniem, któremu, jak wiedział, zawsze z trudem będzie mógł się oprzeć.

— Czekać ze ślubem aż do sierpnia? — Strapienie Alexandra na myśl o tak długim oczekiwaniu musiało być całkiem oczywiste, ponieważ Marianne zachichotała i delikatnie ścisnęła jego palce w swoich, odzianych w rękawiczki.

— Nie, nie. Tylko z wyjazdem do Włoch. Właściwie chciałabym wyjść za mąż tak szybko, jak tylko da się to zorganizować. Myślę, że czekaliśmy już wystarczająco długo.

— O wiele za długo — zgodził się, unosząc jej dłoń, by znów ją ucałować. Głośne kaszlnięcie w pobliżu przypomniało mu o sytuacji i wyraźnym braku prywatności, więc z grymasem opuścił jej rękę.

— To nieodpowiedni czas i miejsce na taką rozmowę, ale mam nadzieję, że pozwolisz mi powiedzieć, że uczyniłaś mnie najszczęśliwszym człowiekiem w Anglii.

— Może odwiedzisz mnie jutro i wtedy mi to powiesz — droczyła się z nim Marianne.

— Przejażdżka po Hyde Parku? — zaproponował Alexander, a ona skinęła głową na znak zgody.

— Pod warunkiem że nie zapomnisz o chlebie.

— Och, obiecuję, nie zapomnę. Chyba nigdy nie widziałem cię tak szczęśliwej, jak wtedy, gdy karmiłaś kaczki tamtego dnia! — Jej śmiech był balsamem dla jego zranionej duszy. Posłał wtedy woźnicę po więcej chleba, żeby mogli zostać dłużej. Gdyby Marianne chciała codziennie karmić z ręki każdą kaczkę w Londynie, kupiłby piekarnię, by zapewnić jej niekończący się zapas pieczywa.

Marianne zachichotała, jej oczy błyszczały psotnie. — Przychodzi mi do głowy tylko jeden moment, w którym *byłam* równie szczęśliwa, Alexanderze... i jest to właśnie ta chwila.

— Naprawdę uczyniłaś mnie najszczęśliwszym człowiekiem na świecie — powiedział głosem zdławionym ze wzruszenia. — Mogę jedynie starać się na każdy możliwy sposób, jaki przyjdzie mi do głowy, by dać ci w zamian równie wielką radość.

Wrócili do sali balowej w samą porę na trzeci taniec. Alexander czuł się lżejszy niż od wielu lat, gdy poruszali się razem w tanecznych figurach, a promienna mina Marianne podnosiła go na duchu. Dostrzegłszy matkę stojącą przy krawędzi parkietu, posłał jej radosny uśmiech. To nie było odpowiednie miejsce na ogłoszenie zaręczyn, ale jutro wyśle ogłoszenie do gazet, a może matka zorganizuje w przyszłym tygodniu uroczystą kolację.

Ponieważ Marianne była wdową, Alex nie musiał prosić nikogo o jej rękę, choć uznał, że powinien uczynić jej bratankowi ten grzecznościowy gest i poinformować go na osobności o ich zaręczynach. Może wpadnie do rezydencji Creightonów jutro, po odwiezieniu Marianne do domu.

— Wrzesień byłby dobrym czasem na wyjazd do Włoch — zauważył, zwracając się do Marianne, gdy taniec znów ich do siebie zbliżył. — Morze nie będzie wtedy zbyt wzburzone, a zima jest znacznie łagodniejsza w południowym klimacie. Moglibyśmy spędzić większą część lata w Glenkellie, jeśli chcesz, przed wyjazdem do Havers Hall w sierpniu, a potem wyruszyć statkiem, gdy tylko uznasz, że możesz opuścić lady Havers.

— Myślę, że to wspaniały plan — zgodziła się Marianne. — Zobaczymy zarówno Rzym, jak i Florencję?

— Oczywiście, a także Wenecję i każde inne miejsce, jakie tylko zapragniesz. Chciałabyś zobaczyć tylko Włochy, czy masz ochotę odwiedzić też inne miejsca nad Morzem Śródziemnym?

— Naprawdę zabierzesz mnie wszędzie, dokąd zechcę pojechać, prawda? — spytała Marianne zdumionym tonem, gdy taniec dobiegł końca.

Alexander podał jej ramię, by odprowadzić ją z parkietu. — Oczywiście, że tak. Czegokolwiek zapragniesz, wystarczy, że to powiesz. Tron Anglii może nieco przekraczać moje możliwości, ale każdy pomniejszy cel postaram się dla ciebie osiągnąć, czyniąc wszystko, co w mojej mocy.

— Ależ chwileczkę — przerwał mu głośny głos. Alex rozejrzał się i zobaczył lorda Ferry'ego, który spoglądał na niego wojowniczo. — Czy próbuje mnie pan wygryźć, Glenkellie? Do diabła, wiedziałem, że pan podsłuchiwał w Brooks. Lady Creighton — zwrócił się do Marianne — zapewniam panią, że moje zasoby znacznie przewyższają to, co Glenkellie jest w stanie zebrać ze swoich szkockich wzgórz. Proszę podać cenę.

Wokół nich rozszedł się szmer zszokowanych szeptów, a Alex spiął się. *Co, do diabła, Ferry sobie myślał?* Właśnie publicznie złożył Marianne niemoralną propozycję!

— Lordzie Ferry — powiedziała Marianne bardzo czystym, zimnym głosem — nie jestem na sprzedaż za *żadną* cenę.

— Ależ proszę... — wybełkotał Ferry.

Jednak Alex usłyszał już aż nadto. — Ferry — rzekł niskim, groźnym głosem — rozmawiasz z przyszłą markizą Glenkellie. Możesz przeprosić teraz albo spotkamy się o świcie.

Ferry zamarł z szeroko otwartymi ustami, patrząc na morderczy wyraz twarzy Alexandra, po czym przełknął ślinę tak, że było go słychać. — Ja, cóż... — powiedział — najmocniej przepraszam, Glenkellie.

— Nie *mnie* przepraszaj — rzekł z odrazą Alexander — tylko tę *damę*. — Boże, ten człowiek to był kompletny tchórz. Przebicie go szpadą za tę zniewagę byłoby piekielnie satysfakcjonujące. Zamiast tego musiał stać i patrzeć na jego paniczne, służalcze przeprosiny kierowane do Marianne o zaciśniętych ustach.

— Odejdź, odrażający mały człowieczku — powiedziała w końcu Marianne, a wszyscy w zasięgu słuchu, którzy chłonęli każde słowo konfrontacji, wybuchnęli śmiechem.

Pąsowy na twarzy lord Ferry uciekł.

— Biedna jego *żona* — powiedziała z westchnieniem Marianne, odwracając się do Alexa. Walczył, by powstrzymać śmiech, i nie mógł wydusić słowa.

— Doskonale, najdroższa — odezwał się inny głos, a Alex, odwróciwszy się, zobaczył nadchodzącą matkę. Przyciągnęła Marianne do czułego uścisku. — Co za markiza z ciebie będzie! Muszę cię przedstawić mojej drogiej przyjaciółce, księżnej Balford. Alexanderze? Przynieś nam szampana, bądź tak miły. — Wcisnęła mu w dłoń pusty kieliszek i pociągnęła Marianne w tłum elegancko ubranych dam.

Przez resztę balu Alexander ledwo mógł zbliżyć się do Marianne. Damy, które wcześniej odsuwały na bok suknie na jej widok, teraz płaszczyły się przed nią, a wieść o tym, jak wspaniale utarła nosa lordowi Ferry'emu, rozeszła się błyskawicznie... szybciej niż wiadomość o ich zaręczynach, o czym mieli się wkrótce przekonać.

— Faeton na wysokich resorach! — Marianne klasnęła w dłonie z radością, gdy następnego ranka schodziła po schodach rezydencji Haversów pod ramię z Alexandrem. — Zawsze chciałam się takim przejechać!

— Wiem. Wspomniałaś mi o tym kiedyś, dawno temu. Powiedziałem, że pewnego dnia będę taki miał i zabiorę cię na przejażdżkę, pamiętasz?

— Pamiętam, chociaż do tej chwili o tym nie myślałam. Jestem zaskoczona, że *ty* pamiętasz! — Spojrzała na niego promiennymi oczami, gdy ostrożnie pomógł jej wejść na siedzenie i przyjął lejce od swojego pachołka.

— Marzenie o przejażdżce z tobą, dumnie siedzącą u mego boku, podtrzymywało mnie przy życiu w najmroczniejszych czasach wojny — powiedział cicho, rozkładając gruby koc leżący na siedzeniu na jej kolanach i otulając ją nim, by nie zmarzła.

Kładąc jedną dłoń na jego ramieniu, Marianne celowo przechyliła głowę, by pochwalić się swoim ślicznym kapeluszem, i powiedziała: — W takim razie jedźmy do Hyde Parku, mój panie. Dziś nacieszysz się przejażdżką ze mną do woli. Może nawet będziemy musieli się zatrzymać na zmianę koni!

Śmiech Alexa niósł się za nimi, gdy konie ruszyły energicznym kłusem.

Rozmawiając, śmiejąc się i co kilka minut zatrzymując, by pozdrowić kogoś, kto chciał im złożyć gratulacje, paradowali przez Hyde Park już od ponad godziny, gdy Marianne dostrzegła swoją rodzinę. — Spójrz, w tym otwartym lando! Musimy się zatrzymać, Alexanderze.

Lavinia uśmiechała się, a siedząca obok niej Diana machała podekscytowana, dopóki matka nie położyła na jej ramieniu łagodnej, powstrzymującej dłoni. Marianne odwzajemniła uśmiech. Ona i Lavinia nigdy nie będą sobie bliskie, ale przynajmniej była w miarę pewna, że Lavinia nie będzie próbowała zmuszać żadnej ze swoich córek do niechcianych małżeństw. Miała nadzieję, że poskromi najgorsze ambicje Arthura i będzie orędowniczką swoich córek, gdyby tego potrzebowały.

Arthur nie wyglądał na zadowolonego. — Słowo, Glenkellie? — rzucił ostro, gdy wymienili już uprzejme pozdrowienia.

— Ponieważ podejrzewam, że to dotyczy ciebie, zechciałabyś mi towarzyszyć? — zapytał Alexander Marianne. — Chętnie się tym zajmę, jeśli wolisz tego uniknąć.

— Myślę, że wolę uczestniczyć w dyskusjach na temat mojej własnej przyszłości — zdecydowała Marianne. — Proszę mi wybaczyć.

— Jedź do domu — polecił Arthur Lavinii. — Wrócę pieszo, to niedaleko.

Lavinia spojrzała na Marianne z zaniepokojeniem, ale ta dała jej znak, żeby jechała. W końcu, co mógłby jej zrobić Arthur w obecności Alexandra? Była całkowicie bezpieczna.

Zostawili pachołka Alexandra pilnującego koni i ruszyli za Arthurem przez trawnik w stronę Serpentine, którego wody lśniły szklistym, odbijającym światło srebrem pod zimowym, szarym niebem. Para łabędzi niemych przepływała obok ze spokojem, stanowiąc wyraźny kontrast z kłębowiskiem w żołądku Marianne. Mimo że próbowała sobie wmówić, że Arthur nie ma nad nią władzy, perspektywa konfrontacji przywołała dawne lęki.

Ramię Alexandra pod jej dłonią było silne i niewzruszone jak skała; czerpała siłę z jego spokojnej pewności siebie. *To był jej wybór*, przypomniała sobie. Nie chciała, aby Alexander rozwiązywał wszystkie jej problemy, chociaż nie wątpiła, że potrafiłby to zrobić. Przejmowała kontrolę nad własnym życiem i robiła to, co chciała, z jego wsparciem.

W końcu Arthur uznał, że są wystarczająco daleko od innych, by porozmawiać na osobności, i odwrócił się gwałtownie w ich stronę. — O czym wy, na Boga, *myśleliście*? — krzyknął niemal. — Konfrontacja na środku balu socjety z jej *powodu*?

Marianne zamrugała.

Alexander wyglądał na zaskoczonego. — Słucham pana? — warknął, nie brzmiąc ani trochę przepraszająco. —

Chciałby pan, żebym pozwolił, by dobre imię lady Marianne zostało publicznie zszargane przez pozbawionego szacunku dupka? Nie, dopóki oddycham.

Arthur zdawał się go nawet nie słyszeć, nadymając się z wściekłości. — A ty! — Odwrócił się do Marianne i wycelował w nią palec. — Dwóch amantów o mało nie pobiło się o ciebie, publicznie! Ty *dziwko*! — Ślina pryskała mu z ust, gdy krzyczał, a ona instynktownie cofnęła się o kilka kroków. Arthur aż za bardzo przypominał swojego wuja, jej zmarłego męża, w jednym ze swoich napadów szału.

Alexander natychmiast stanął przed nią, wydając z siebie dźwięk przypominający warknięcie, ale ratunek nadszedł nagle z o wiele mniej spodziewanego źródła.

Jeden z łabędzi, który chwilę wcześniej tak spokojnie unosił się na wodzie, najwyraźniej poczuł się urażony grożącymi gestami i krzykami Arthura. W kłębiącej się burzy białych skrzydeł i wściekłego syku łabędź zaatakował, okładając twarz Arthura dziobem i skrzydłami.

Przeklinając, gdy próbował odeprzeć łabędzia, Arthur potknął się i z gigantycznym pluskiem oraz piskliwym wrzaskiem wpadł do płytkiej wody za plecami.

— No cóż — powiedział Alexander z głębokim chichotem, gdy łabędź nadal nękał Arthura — to mnie chyba uchroniło przed sprzedaniem mu ciosu w twarz. Myślisz, że twoi przyjaciele kaczki specjalnie nasłały na niego tego łabędzia?

Marianne nie mogła się powstrzymać; wybuchnęła śmiechem, a uwolnione napięcie, niczym rozwijająca się sprężyna, wytrysnęło z jej ust w gardłowych chichotach. Mogła tylko oprzeć się o Alexandra i patrzeć, jak jej bratanek, zupełnie zdany na łaskę wściekłego ptaka, dostaje solidne lanie.

Łabędź w końcu się wycofał, by strzec swojej partnerki, od czasu do czasu nadal sycząc w kierunku Arthura, gdy hrabia Creighton wydobywał się z wody, szlochając z wściekłości i tuląc do piersi jedną dłoń w oczywistym bólu.

— Jeśli kiedykolwiek jeszcze odezwiesz się do mojej przyszłej żony lub o niej w jakikolwiek obraźliwy sposób, zabiję cię — powiedział Alexander zimnym, beznamiętnym tonem. — Tylko przez wzgląd na twoją żonę i dzieci uznaję karę, jaką wymierzyło ci stworzenie boże, za satysfakcjonującą. Niech ta boska pomsta będzie twoim ostatnim ostrzeżeniem!

Odeszli, a Marianne wciąż się śmiała, mając nadzieję, że nigdy nie zapomni widoku ociekającego wodą, prychającego hrabiego Creighton, rzucającego lękliwe spojrzenia na przemian na Alexandra i łabędzia.

— Doprawdy, boska pomsta — zdołała w końcu wydyszeć, gdy wrócili do faetonu, a Alexander ostrożnie wsadził ją na siedzenie. — To było *cudowne*!

— Może powinniśmy rozpuścić plotkę, że Bóg pomści każdego, kto cię obrazi. — Alexander posłał jej rozbawiony uśmiech, biorąc do rąk lejce. — Zapewne oszczędziłoby to nam obojgu wielu kłopotów!

W oddali Arthur Creighton rozpoczął powolny, mokry marsz przez trawnik z dala od Serpentine, jęcząc z bólu zranionej dłoni i wciąż z niepokojem spoglądając na łabędzia.

Właśnie wtedy słońce przebiło się przez chmury, a cienkie promienie jasnego, żółtego światła spłynęły na faeton, gdy konie znów ruszyły tanecznym kłusem. Marianne uniosła twarz ku górze, uśmiechając się na myśl, że jeszcze nie tak dawno nie odważyłaby się na to z obawy przed piegami na nosie. Alexander prawdopodobnie powiedziałby, że jej pojawiające się piegi są w niej jego ulubioną rzeczą, ponieważ powstały, gdy dobrze się bawiła. Przytulając się do niego bliżej pod grubym kocem, którym okrył ich oboje, oparła głowę na jego ramieniu i westchnęła z bezgranicznym zadowoleniem.

EPILOG

Cztery tygodnie później, kościół św. Jerzego, Hanover Square

SERCE ALEXANDRA BYŁO PEŁNE, gdy patrzył, jak Marianne idzie w jego stronę, ubrana w oszałamiającą nową suknię z bladego, złotego jedwabiu, obszytą białą brukselską koronką. Chociaż Arthur wystosował odpowiednio uniżone przeprosiny dzień po incydencie z łabędziem w Hyde Parku, Marianne odrzuciła jego propozycję poprowadzenia jej do ołtarza. Zamiast tego szła sama, poprzedzana przez swoją najmłodszą siostrzenicę, Penelope, która sypała na jej drodze świeżo zerwane przebiśniegi.

Oczywiście, zaoferował, że ogołoci dla niej każdą londyńską szklarnię w poszukiwaniu droższych kwiatów, ale Marianne powiedziała mu, że woli przebiśniegi, te najwcześniejsze z wiosennych kwiatów, które łatwo zebrać w lutym.

— To pierwsze kwiaty wiosny, pory nowych początków — powiedziała mu, a Alexander od razu zgodził się, że nie ma bardziej stosownych kwiatów.

Chociaż miał nadzieję uzyskać specjalne zezwolenie i poślubić Marianne w ciągu tygodnia od jej zgody, jego matka i Marianne przekonały go, że poczekanie na zapowiedzi i wyprawienie hucznego wesela, na które zaproszono by śmietankę towarzyską, na zawsze uciszy wszelkie plotki.

Ponieważ był całkowicie zdany na łaskę Marianne, zgodził się na wszystko, czego chciały, chociaż prywatnie ubolewał przed nią nad swoją niechęcią do czekania na nią choćby o dzień dłużej, niż musiał.

— Czekaliśmy tak długo — powiedziała mu czule, kładąc miękką dłoń na jego policzku. — Chcę... nie, ja *potrzebuję*, żeby ten ślub różnił się od mojego pierwszego tak bardzo, jak to tylko możliwe, Alexandrze.

Pełen zrozumienia, w myślach skarcił się za brak wrażliwości. — Powiedz mi tylko, co mam zrobić, żeby tak się stało, ukochana.

— Bądź dla mnie cierpliwy... i bądź sobą — odparła, sięgając, by pocałować go z miłością.

Dłoń Marianne zadrżała lekko w białej, jedwabnej rękawiczce, gdy położyła ją na dłoni Alexandra, a on spojrzał na nią pytająco, marszcząc brwi z troską. Odwzajemniła uśmiech, pełna determinacji. Duchy przeszłości nie mogły rzucić cienia na ten dzień, na ślub, o którym zawsze marzyła.

Zamiast ojca i dwojga znudzonych służących w roli świadków w zakurzonym salonie, był kościół wypełniony przyjaciółmi i rodziną jej i Alexandra. Wikary był życzliwym, poważnym dżentelmenem, który nalegał na prywatną rozmowę z nimi obojgiem przed ceremonią, pragnąc upewnić się, że oboje są szczęśliwi, zanim zaczną. I wreszcie, co nie mniej ważne, zamiast lubieżnie szczerzącego się starca, był jej ukochany Alexander, wysoki i przystojny, a jego oczy przepełniała miłość do niej, gdy składał przysięgę.

— Tak — powiedziała głośno i wyraźnie, gdy wikary zapytał, czy przyjmuje Alexandra za męża. — Przyjmuję.

Jego uśmiech był pełen zarówno radości, jak i ulgi, gdy ścisnął jej dłonie, a Marianne odwzajemniła jego spojrzenie, gdy ceremonia dobiegła końca i wyszli z kościoła przy gromkich okrzykach przyjaciół.

Thomas i Ellen Havers nalegali, by po ceremonii wyprawić dla nich przyjęcie weselne, a potem planowali wrócić do londyńskiego domu Alexandra i pozostać w Londynie przez kolejny miesiąc, zanim udadzą się do Hampshire, by odwiedzić Pembroke'ów — jedynych przyjaciół, którzy nie mogli uczestniczyć w ich ślubie. Amelia, będąc zbyt blisko rozwiązania, wysłała zamiast tego wiele entuzjastycznych listów i obietnicę łagodnej klaczy z ich słynnych stajni jako prezent ślubny dla Marianne.

Gdy tylko dziecko Amelii przyjdzie na świat, pojadą do Portsmouth i stamtąd popłyną statkiem do Szkocji, skracając o kilka dni podróż do Glenkellie. Marianne z niecierpliwością wyczekiwała wizyty w domu rodzinnym Alexandra, który opisywał jako „starożytną ruinę", ale który, jak powiedziała jej jego matka, był jednym z najpiękniejszych zamków w Szkocji.

Lady Helena pod koniec marca wypływała do Włoch, a oni mieli do niej dołączyć we wrześniu, nachdem Marianne dotrzyma towarzystwa Ellen podczas jej porodu. Już dopadła Lavinię, która jako matka piątki dzieci była najbardziej doświadczonym źródłem wiedzy o porodach, jakie znała, i wypytała ją o tyle szczegółów, że Lavinia aż zbladła.

Ich rozmowy nauczyły jednak Marianne o wiele więcej niż tylko o porodzie. Mimo że mocno się rumieniła, Lavinia przekazała jej sporo wiedzy na temat tego, co dzieje się w małżeńskim łożu, gdy żona nie jest niechętna.

Znając szczęśliwe pary, takie jak Haverowie i Pembroke'owie, Marianne powoli zaczynała zdawać sobie sprawę, że między mężem a żoną może istnieć prawdziwe i szczere uczucie. Niejednokrotnie, goszcząc u Thomasa i Ellen, przypadkiem natknęła się na nich w namiętnym uścisku, a myśl o dzieleniu takich uścisków z Alexandrem sprawiała, że robiło jej się gorąco i oblewał ją rumieniec.

Daleka od obaw przed drugą nocą poślubną, raczej wyczekiwała jej z niecierpliwością.

— Myślisz, że ktokolwiek by zauważył, gdybyśmy się wymknęli? — szepnęła do Alexandra, gdy zjedli, zatańczyli i rozmawiali przez coś, co wydawało się godzinami.

— Dokąd? Dobrze się czujesz? — Spojrzał na nią z troską.

— Och, nic mi nie jest. — Wsuwając dłoń w jego, ścisnęła ją. — Chciałabym po prostu pobyć sama z moim mężem.

— Naprawdę? — Szeroki uśmiech rozjaśnił jego twarz. — W takim razie nie traćmy ani chwili dłużej, moja droga markizo!

Wymknęli się, zbiegli po schodach i wskoczyli do czekającego powozu Glenkellie, gdzie Alexander bez zwłoki przyciągnął Marianne w ramiona.

— Kocham cię — szepnął, obsypując jej twarz pocałunkami. — Zawsze, zawsze cię kochałem.

— Ja ciebie też kocham — powiedziała Marianne, wtulając się w niego i opierając głowę na jego silnym ramieniu, bezpieczna w jego objęciach i przeświadczona o tym, że wreszcie jest tam, gdzie zawsze pragnęła być.

KONIEC

Markiz dla Marianne to druga książka z serii **Rumieniące się panny**. Jeśli jeszcze nie czytałaś *Hrabia dla Ellen* i nie odkryłaś historii miłosnej Thomasa i Ellen Havers, koniecznie sięgnij po nią teraz!

Mam nadzieję, że lektura *Markiza dla Marianne* sprawiła ci przyjemność. Jeśli tak, mam nadzieję, że rozważysz pozostawienie recenzji książki na Amazonie lub Goodreads, aby inni potencjalni czytelnicy mogli zobaczyć twoją rekomendację.

Następną książką w serii jest *Książę dla Diany*, w której nieśmiała siostrzenica Marianne, Diana, nabiera pewności siebie i odnajduje własną ścieżkę, gdy ona i jej siostra

Clarissa zostają zaproszone do towarzyszenia ciotce w jej podróży poślubnej do Włoch!

Inne książki autorki CATHERINE BILSON

Rumieniące się panny

Hrabia dla Ellen

Markiz dla Marianne

Książę dla Diany

Kapitan dla Clarissy

Panny z Belle Haven

Narzeczona z Belle Haven

Panna Molly i uparty major

Panna Clara i markiz

Pomyłka panny Anny

Panna Eliza przejmuje ster

Kłopoty z panną Charlotte

Zakochana panna Laura

Wścibska panna Louise

St. George i Potwór z Rzeki (tylko dla subskrybentów newslettera)

Poznaj wszystkie publikacje Shenanigans Press, odwiedzając naszą stronę internetową, https://www.shenanigansp ress.com/pl!

Możesz też obserwować nas w mediach społecznościowych – jesteśmy na Facebooku i Instagramie (@ShenanigansPressPolska)

I nie zapomnij zapisać się do naszego newslettera, aby otrzymywać informacje o nowościach, promocjach, konkursach i wiele więcej!